KB132926

조금만 비겁(?)하면

세상이 즐겁다

조금만 비겁(?)하면 세상이 즐겁다

초판 1쇄 인쇄_ 2009년 4월 15일 | **초판 2쇄 발행_** 2009년 5월 15일
지은이_박창수 | **펴낸이_**진성옥·오광수 | **공급처_**꿈과희망 | **펴낸곳_**올댓북
디자인·편집_김창숙, 박희진 | **마케팅_**김진용 | **인쇄_**보련각
주소_서울특별시 용산구 원효로 1가 112-4 디아뜨센트럴 217
전화_02)2681-2832 | **팩스_**02)943-0935 | **출판등록_**제1-3077호
http://www.dreamnhope.com| e-mail_ jinsungok@empal.com
ISBN_978-89-90790-86-6 03810 | **값** 9,000원

※ 올댓북은 꿈과희망의 브랜드명입니다.

조금만 비겁(?)하면

세상이 즐겁다

박창수 지음

조금만 비겁(?)하면 세상이 즐겁다

울림book

조금 비겁(?)하면
감동 주는 성공을 이룰 수 있다

아무리 경직되고 점잖은 사람도 TV에서 개그맨들의 말도 안 되는 말이나 얼토당토한 행동을 보면서 웃음을 터트릴 때가 있고, 평소 얌전하고 결코 남 앞에 나서는 법 없는 사람이 TV에 나오는 프로격투기를 보면서 즐거워하기도 한다.

이렇듯 사람들은 나 아닌 다른 사람이 하는 행동을 통해 대리만족을 느끼기도 하고 카타르시스를 맛보기도 한다.

온 사회가 경제적인 어려움에 처하면서 부와 성공에 대한 무조건적인 애정은 일그러진 모습으로 나타나고 있다.

남을 짓밟고서라도 경제적인 성공을 이루면 된다는 생각이 팽배해지고, 우선 나부터 살아남아야 한다는 생각이 만연되면서 사람들은 이 세상이 얼마나 아름다운지, 삶이 얼마나 즐겁고 행복한 것인지에 대해 외면하고 있다.

이런 현상들은 사람들을 전쟁 아닌 전쟁터로 내몰고 있고, 우리는 적이 누군지도 모른 채 하루하루 스스로가 만든 전쟁터에서 살아남기 위해 전투를 하고 있는 것이다.

톱니바퀴처럼 돌아가는 세상의 틀에서 하루만 아니, 한 순간만이라도 벗어나 보자. 그러려면 조금은 비겁한 행동을 해야 할 때도 있고, 무모한 용기를 내야 할 때도 있을 것이다. 예를 들어, 중요하지만 피하고 싶은 약속이 있을 때 핸드폰 전원을 꺼버린

다든가, 지하도와 육교를 사이에 두고 어디로 길을 건널까 하다가 무심결에 무단 횡단을 감행하는 행동들은 이따금 우리에게 순간적인 안도감이나 희열을 느끼게 해준다.

이런 행동들이 일상화된다면 문제가 되겠지만 긴장된 삶의 연속일 때나 숨막힐 정도로 경쟁 사회로 내몰린다고 생각될 때 일상이나 상식에서 벗어남으로써 다시 한 번 심호흡을 하고, 재충전의 계기로 삼아 이 세상이 얼마나 즐겁고 아름다운 곳인지 느낄 필요가 있다.

이제 손에서 핸드폰을 내려놓고, 컴퓨터 전원도 뽑아버리고, 일상에서 벗어나 나 혼자만의 시간을 가져보자. 그것이 조금은 비겁(?)해도 좋고, 나를 되돌아보는 여행이어도 좋고, 하루 종일 전망 좋은 커피숍에 앉아 더디게만 가는 시간을 느껴보는 것도 좋다.

내가 목표로 한 성공이 과연 누구를 위한 성공인지를 돌아보아야 한다. 나 혼자만 잘 사는 성공보다는 함께 행복하고 함께 나누는 성공이었을 때 그 성공은 감동을 주게 되고, 성공을 이루었을 때 허탈감에 빠지지 않게 되며, 이 목표를 이루는 과정 또한 즐겁고 행복한 시간이 될 것이다.

| Contents

머리말

_ Part 1

성공의 첫단추,
계획을 세우자.

_ Part 3
기적은 우리 안에서 일어난다.
당장 꿈을 꾸자.

_ Part 4

도전하고 노력하는 자가 승리한다.
매일매일 새로 태어나라.

Part 1

성공의 첫 단추,
계획을 세우자.

오늘의 맑은 이 아침, 이 순간에 그대의 행동을 다스리라.
순간의 일이 그대의 먼 장래를 결정한다.
오늘 즉시 한 가지 행동을 결정하라.
나쁜 습관을 버리고 좋은 습관을 가져야 한다.
오늘 그릇된 한 가지 습관을 고치는 것은
새롭고 강한 성격으로 출발한다는 것을 의미한다.
새로운 습관은 새로운 운명을 열어줄 것이다.
– 라이너 마리아 릴케 –

1
조금만 비겁(?)하면
세상이 즐겁다

모든 사람들이 세상을 바꾸겠다고 생각하지만
어느 누구도 자기 자신을 바꿀 생각은 하지 않는다.
— 톨스토이 —

 학창 시절 도시락과 관련된 에피소드들은 하나둘씩 있을 것이다. 1, 2교시 끝나면 잠깐의 쉬는 시간을 이용해서 도시락을 먹는 것은 기본이고, 심지어 수업 시간 중에 선생님의 움직임을 살피면서 선생님의 눈을 피해 살짝살짝 도시락 뚜껑을 열어 먹어본 사람도 있을 것이다.

 이때의 말할 수 없는 스릴감과 알 수 없는 쾌감은 도대체 어디서 오는 걸까. 정말 참을 수 없는 배고픔에 쉬는 시간이라든가 선생님의 불호령이 떨어질지도 모르는 살얼음판 같은 긴장을 느끼면서라도 수업 시간에 도시락을 까먹기도 하겠지만 왠지 그 당시에는 정도를 벗어난 일탈 행동이 우리들에게 흥분을 안겨 주기도 하고 즐거움을 가져다 주곤 하기 때문이다.

이런 일들이 학창 시절에만 일어나는 것은 아니다. 길을 건너려고 길가에 나섰을 때 한쪽으로 지하보도가 멀찍이 떨어져 있고 또 반대쪽에 있는 육교도 돌아가야 할 때 어떻게 할까 잠시 고민하다 도로에 차도 지나가지 않고 누군가 보는 사람도 없다 싶으면 과감하게 도로를 무단 횡단해 본 적이 있을 것이다.

뒤에서 누가 잡을까 봐 후닥닥 건너면서 느끼는 긴장감과 아무 일 없이 건넌 후 왠지 시간을 번 것 같기도 하고, 뭔가 해냈다는 약간의 짜릿한 기분도 들고, 잘못을 저지른 것이 분명한데도 왠지 즐거운 느낌이 드는 것은 일탈 행동이 주는 즐거움 때문일 것이다.

우리는 어린 시절부터 반듯하게 살아야 한다, 이런이런 행동을 하면 안 된다, 저건 하지 마라, 이 다음에 커서 훌륭한 사람이 되어야 한다는 등등의 말을 항상 듣고 자란다. 그러나 성인이 된 후 만나는 이 세상은 우리를 숨막히는 경쟁과 벼랑 끝에 서서 살아남기 위해 안간힘을 써야 하는 치열한 경쟁 사회인 것이다.

그러다 보니 경쟁 사회에서 살아남느냐 도태하느냐 하는 극단의 기로에 놓이는 경우가 많다. OECD 국가 중에서 자살률 1, 2위를 차지하는 나라가 바로 우리 나라이다. 얼마나 힘들고, 외로웠으면 그런 극단의 방법으로 삶을 포기하는 것일까 싶은 것이 마음이 착잡하다.

세상을 살아가는 방법은 한 가지가 아니다. 이 지구상에 존재하는 사람의 숫자만큼 사는 방법 또한 다양하다. 어느 방법으로 살아갈 것인지는 우리가 많이 고민하고 생각해서 선택할 문제이다.

심리학자이자 철학자인 윌리엄 제임스는 생각을 바꾸면 행동이 바뀌고, 행동을 바꾸면 습관이 바뀌고, 습관을 바꾸면 성격이 바뀌고, 성격을 바꾸면 인격이 바뀌고, 인격을 바꾸면 운명이 바뀐다고 했다. 때로는 그 생각이 상식을 벗어날 때도 있고, 비겁(?)한 행동이 아닐까 하는 생각이 들 때도 있을 것이다. 그러나 다양한 사람들이 모여 삶을 꾸려나가는 이 세상은 참으로 오묘한 것이어서 상식을 벗어난 행동이 사람들에게 위트와 유머를 안겨 줄 때도 있고, 비겁(?)한 행동을 했는데 밉지 않아 보이는 것이 바로 함께 어우러져 살아가는 이 세상의 모습이다.

삶의 목표를 무엇으로 정할 것인지는 개개인의 몫이지만 그 목표들의 공통점은 즐겁게 살고 행복하게 살겠다는 삶의 과정이 그 밑에 깔려 있다는 점이다.

삶의 목표도 중요하지만 삶을 살아가는 과정 또한 매우 중요하다. 매일매일 목표만 생각하면서 순간순간을 살아갈 수는 없다.

한 사람의 삶이 커다란 숲이라면 목표는 어떤 숲으로 만들 것인지 전체적인 모습이 될 것이고, 과정은 숲을 이루고 있는 모든 것들을 포함한다.

즉, 눈에 보이는 멋진 나무들로 이루어진 숲에는 나무들을 멋지게 보여 주는 온갖 새들도 있을 것이고, 숲의 생명을 만들어 주는 꽃과 잡초들, 그리고 생명을 이루어 주는 많은 벌레들과 곤충들, 그리고 숲의 생명이 살아 있음을 보여 주는 동물들이 있을 것이다.

그들이 함께 어우러져 살았을 때 숲은 멋지고 훌륭한 모습으로 살아남게 되는 것이다.

사람도 마찬가지다. 행복한 삶을 살겠다는 멋진 목표는 하루하루 살아가는 과정이 쌓여 만들어지는 것이다. 항상 반듯하게 산다고 해서 세상이 즐겁고 행복한 것은 아니다. 이따금 남에게 해를 끼치지 않는 비겁(?)한 행동을 하면서 카타르시스도 느껴보고 쳇바퀴 도는 일상적인 생활에서 벗어나 일탈 행동을 하면서 생명수 같은 시간들을 만들 필요가 있다.

2
떠나야 할 때를 아는 것은
현명한 것이다

권력에 대한 탐욕은 힘이 아니라 약함에 뿌리박고 있다.
– 에리히 프롬 –

사람의 욕심은 끝이 없다.

욕심은 부리면 부릴수록 커진다.

하지만 반대로 욕심이 커지는 만큼 그 사람의 인격은 추악해져 간다.

기업에서 경영자가, 국회에서 정치인이, 학계에서 교수가, 지위와 권력 앞에서 자신이 떠날 때를 스스로 알고 미련 없이 떠난다면 그는 많은 사람들로 하여금 '끝이 아름답다'거나 '마음을 비운 사람'으로 존경받는다.

군대에 남아 있으면 장성급이 될 수 있는 좋은 기회를 두고 전쟁이 끝남과 동시에 전역을 하는 영화 '밴드 오브 브라더스'의 윈터스 소령처럼.

그러나 떠나야 할 때 떠나지 않고 자리를 차지하는 사람은 '욕심이 너무 많은 사람' 혹은 '추악한 얼굴'이라는 낙인만 찍힌다.

아이가 소년이 되고, 소년이 청년이 되고, 그 청년은 어른이 된다.

어느 누구도 최고의 권력을 태어날 때부터 죽을 때까지 누리지 못했다.

'이쯤 되면 됐다' 싶을 때, '조금만 더 할까'라는 미련이 생길 때 욕심을 버리고 마음을 비우고 떠나라.

후배에게, 부하에게, 자식에게 자리를 물려 주는 것에 대해 아까워하지도 말고 쓸쓸해 하지도 말아라.

남은 자들이 박수칠 때 떠나라.

그것이 마무리를 가장 잘 하는 사람의 현명한 판단이다.

3
사랑 앞에서 아무것도
두려워하지 마라

사랑은 악마이며, 불이며, 천국이며, 지옥이다.
쾌락과 고통, 슬픔과 후회가 모두 거기에 있다.
– 반필드 –

사랑한다면, 정말 열렬히 사랑한다면, 두려움도 걱정도
불안함도 없어야 한다.

사랑한다면, 사랑하는 사람 외에는 보이지 않는다면, 미
치도록 사랑하는 열정으로 모든 역경을 감내하고 모든 문제
를 풀어나가라.

사랑한다면 현재의 가난이 초라할 수가 없다.

주변의 반대에 눈치 볼 필요가 없다.

병으로 인한 고통도 무섭지가 않다.

태풍 몰아치는 바다 위의 배에 있어도 두렵지 않다.

사랑 앞에서 돈을 탓하고, 직업을 탓하고, 성격을 탓하며 외모를 말하는 것은 이미 사랑이란 범주를 떠난 것이나 다름없다.

사랑은 조건을 따지지 않는다.

사랑은 비교할 상대가 없다.

사랑은 허물을 들춰내지 않는다.

사랑은 자신 외에 그 누구에게도 양보할 수 없다.

사랑한다면, 정말 사랑한다면 두려워도 말고, 힘들어 하지도 말고, 미워하지도 말아라.

세상에 태어나 평생 사랑하며 함께 살고 싶은 누군가를 만났다면 거침없이 미치도록 열정적으로 빠져들어 사랑해라.

시간을 미루지도 말아라. 할 수 있을 때 해라.

정작 사랑 앞에서 가장 힘들고 두려운 것은, 그것은 사랑하는 사람이 영원히 떠나는 이다.

4
먼저 생각한 후에 말해라

사람은 잘못된 것을 말할 것이 아니다.
그리고 오로지 진실한 것은 침묵해서는 안 된다.
- M. T. 시세로 -

우리네 조상들은 말했다.

'세 치 혀 끝을 조심해라' 고.

무심코 던진 돌에 개구리가 맞아 죽듯이 생각 없이 무심코 던진 말 한 마디는 상대에게 상처를 주고, 감정이 악화되어 독이 든 말 한 마디는 심한 경우 살인을 불러오기도 한다.

말하는 데 돈이 들어가지 않는다.

말하는 데 엄청난 힘이 들어가지도 않는다.

그렇다면 이왕 하는 말이라면 상대의 귀를, 상대의 마음을 즐겁게 할 수 있는 말을 해라.

따뜻한 말 한 마디는 기름진 음식보다 더 사람의 가슴을 풍성하게 하고, 가슴에서 우러나는 진실된 말 한 마디는 절망 속에서 고뇌하는 사람에게 힘을 주고 희망의 메시지가 된다.

말하기 전에 먼저 생각해라. 어떤 언어로 어떤 분위기로 말할 것인가를.

입에서 새어나온 말은 엎질러진 물처럼 다시 주워 담을 수 없다.

하지만 반대로 말 한 마디로 천 냥 빚을 갚을 수는 있다.

그냥 흘려버린 말 한 마디와 신중을 기해 한 말 한 마디의 차이는 그토록 엄청난 차이가 있다는 것을 깨달아야 한다.

5
누구에게 어디서나
늘 배워라

삶은 새로운 것을 받아들일 때에만 발전한다. 결코 아는 자가 되지 말고
배우는 자가 되라. 마음의 문을 닫지 말고 열어 두도록 하라.
– 오쇼 라즈니쉬 –

글로벌 기업 나이키의 나이트 회장은 최근 몇 년간 스탠
퍼드 대학의 학부 강의를 들었다.

그는 토비어스 울프 영문학 교수를 직접 찾아가 소설을
쓰고 싶은데 어디서부터 소재를 찾아야 하는지 자문을 구했
고, 울프는 영문학 작문의 초보자들에게 적합한 '창의적인
글쓰기' 수업을 추천하였다.

이 강의를 시작으로 나이트 회장은 영문학 청강 수업을
늘렸다. 학생들과 똑같이 과제를 제출했고 서로 돌려보면서

토론했다.

만학도는 손자뻘의 학생들과도 곧 친해져 강의가 끝난 후에는 팔로알토의 바에 모여 맥주를 즐겨 마셨다.

같이 수업을 들었던 한 학생은 부인을 데려왔던 적도 있고 학생들과 어울리는 것을 즐겼다.

사람은 죽는 날까지 배우며 산다고 한다.

그토록 배움의 끝이란 없다는 얘기다.

이 세상에 완벽한 사람은 없다.

많이 배웠다고 해서, 권력과 명예를 거머쥐었다 해서, 또 나이가 들었다고 해서 그들이 더 이상 배울 것이 없는 것은 아니다.

우리는 살아가면서 어디서든지 누구에게서든지 자신이 모르고 있던 것이라면 배워야 한다.

배움과 나이는 아무런 상관이 없다.

맹지의 어머니는 "배움을 도중에 그만두는 것은 짜던 베를 끊어버리는 것과 같다."는 말로 배움의 깊은 의미를 말했다.

배우지 않는 사람은 게으르며 거만하고 오늘에만 만족하는 사람이다.

오늘에 만족하는 사람은 내일의 꿈이 없는 사람이다.

꿈이 없다면 정말 슬픈 인생을 살아가는 사람이다.

배워야 한다. 배움에는 끝이 없다.

세 살 먹은 아이한테서도 배울 것이 있다고 했다.

우리가 이 세상을 살아가는 동안 배우고 익히는 것은 마치 하루 세 끼 밥을 먹는 것처럼 계속되어야 한다.

6
먼저 용서해라

용서가 없는 인생은 끊임없는 원한과 보복의 악순환으로 점철된다.
– 로베르토 아사지올라 –

복수의 칼날을 가슴에 품고 사는 것은 자신 스스로를 해치는 일이다.

나에게 잘못을 지지른 사람에게 똑같이 보복하려 들지 말 것이며, 감정적으로 지켜 보지도 말 것이며, 가슴 깊이 원한을 품지도 말아야 한다.

결국 정신적으로 육체적으로 힘든 사람은 자신이며, 설령 보복을 한다 하더라도 그 이전보다 좋아질 것은 아무것도 없다.

용서하는 마음으로 살 때 마음도 편하고 건강도 유지된다.

『이반 데니소비치의 하루』를 쓴 러시아의 소설가 솔제니친은 이렇게 말했다.

"회개와 용서의 능력이 인간을 인간 되게 한다."고.

먼저 용서하는 사람이 강한 사람이고, 승리하는 사람이며, 행복한 사람이다.

7

"못하겠다"는 말은
하지 말아야 한다

평범한 인간이 이따금 비상한 결의로 성공하는 경우가 있는데,
그것은 그가 훌륭한 인물이어서가 아니라
불안에서 벗어나려고 끊임없이 노력한 결과이다.

– 몽테로랑 –

한 스승이 여러 제자들에게 어려운 문제를 내놓았다.

첫 번째 제자는,

"자신이 없습니다. 풀어는 보겠습니다."

두 번째 제자는,

"저라면 할 수 있겠지요."

세 번째 제자는,

"최선을 다하겠습니다."라고 말했다.

그러자 네 번째 제자는,

"저는 못하겠습니다."라고 말했다.

스승은 네 번째 제자의 종아리를 때렸다.

풀려고 노력은커녕 아예 도전해 보지도 않고 "못하겠다"는 말을 하는 것은 아예 문제를 풀어볼 의지조차 없다는 뜻이기 때문이다.

공부든 연애든 사업이든 우리가 살아가면서 부딪히게 되는 이 세상 모든 일들은 그리 호락호락하지 않다.

최선을 다해 노력했는데도 해결하지 못하는 일들이 너무도 많다. 그렇다고해서 그 많은 것들을 수학 공식 풀듯 척척 풀어나가는 사람도 흔치 않다.

중요한 것은 도전이고 노력이다. 어떤 일이든 시작하지도 않고 애를 써보지도 않고 처음부터 "못한다"고 뒤로 물러난다면 그 사람은 자신이 충분히 풀어나갈 수 있는 난관마저도 미리 겁먹고 헤쳐 나가려 들지 않을 것이다.

세상은 능력이 부족한 사람에게는 도움의 손길이라도 주려고 하지만 의지가 없는 사람에게는 동정의 눈길마저도 주지 않는다.

8
잠으로부터 벗어나라

잠자는 것을 사랑하면 안 된다. 그렇게 하면 가난하게 된다.

– 구약성서 –

발명왕 에디슨은 하루 세 시간밖에 자지 않았다.

코닥 회사의 전 세계 50명 부총재 중 한 명이자 외교관인 중국의 유명 여성 예잉의 수면 시간은 하루 2시간이었다.

세계적으로 유명 CEO들의 수면 시간은 3시간에서 5시간 사이라고 한다.

보통의 샐러리맨들은 하루 7~8시간을 잔다.

당신의 수면 시간은 누구와 같은가?

적어도 6시간 이상 수면을 취한다면 이제부터라도 시간

에 대해 생각해야 한다.

보통사람들은 인생의 3분의 1을 수면으로 보낸다.

적당한 수면 시간이 건강을 지켜 준다는 평범한 논리를 고집한다면 당신은 성공으로부터 멀어질 확률이 높다.

수면은 건강에 일부 기여한 것 외에는 아무런 의미가 없는 시간이다.

젊은 날 당신의 수면 시간이 보통의 사람보다 적다고 해서 당신의 건강이 위협받지는 않는다.

새벽이 당신에게 가져다 줄 것은 의외로 많다.

황금과 건강, 그리고 성공을 가져다 줄 것이다.

꿈은 현실 속에서 꾸고 이루어져야 하는 것이다.

잠 속에서 꾸는 꿈은 비현실적인 허무한 것일 뿐이다.

이제부터라도 당신은 수면의 늪에서 벗어나야 한다.

9
웃어라

나는 웃음의 능력을 보아 왔다.
웃음은 거의 참을 수 없는 슬픔을 참을 수 있는 어떤 것으로,
더 나아가 희망적인 것으로 바꾸어 줄 수 있다.

− 봅 호프 −

웃어라.

늘 웃어라.

마음의 고민이 있을지라도,

세상이 어렵다고 느껴질지라도,

행여 미워하는 사람이 생겼을지라도

웃으면 모든 것은 행복으로 바뀐다.

'웃는 얼굴에 침 뱉지 못한다' 는 말이 있지 않은가.

미소는 그 자체만으로 모든 것을 용서하고 용서받고, 사

랑하고 사랑받는 마술의 재료가 된다.

순수한 웃음은 긍정의 에너지원이다.

웃음은 그 자체만으로도 면역 증강의 직접 효과가 발생한다.

웃는 순간 질병이 치유되고,

웃는 순간 새로운 질병이 접근하지 못하며,

웃는 순간 또 다른 사람을 즐겁게 한다.

웃음처럼 가장 쉽고 가장 단순한 방법으로

가장 큰 효과를 내는 것은 없다.

웃음은 절대 가치를 지닌다.

누군가 이렇게 말했다.

"웃어라. 상처받은 적이 없는 것처럼."

("Smile. Like never got hurt.")

10
표현에 인색하지 마라

깊고 무서운 진실을 말하라. 자기가 느낀 바를 표현하는 데 있어 결코 주저하지
마라. 깨닫기만 하고 실천을 안 하면 깨달음이 아무 소용없다.

– 칼 힐티 –

좋은 것일수록, 떳떳한 것일수록, 자신있게 표현해라.

표현하지 않는 것이 겸손의 가치로 이어지지는 않는다.

표현을 절제하는 것이 인격을 추켜 세워주지 않는다.

사랑하는 이에게 사랑한다고 말해라.

고마운 이들에게 감사하다고 인사해라.

가까운 이들에게 반갑다고 미소 지어라.

결과가 좋은 사람에게 잘 했다고 칭찬해라.

멋진 옷을 입은 사람에게 멋있다고 말해라.

진실 되고 솔직한 표현일수록 상대가 느끼는 즐거움과 기쁨은 두 배가 된다.

갓난아이가 울거나 웃지 않는다면 그 엄마는 얼마나 걱정이 되겠는가.

일등을 했는데도 '잘 했다' 하는 이 하나 없다면 그 아이는 얼마나 침울하겠는가.

'사랑한다' 는 한 마디 말을 기다리는 연인의 가슴은 얼마나 지치겠는가.

표현에 인색한 것, 그것은 바보 같은 일이다.

표현해라.

가슴속 느낌 그대로 표현해라 .

진실된 마음으로 표현을 솔직하게 하는 사람일수록 주변 사람들의 인기를 독차지하게 된다.

11
10년 단위 계획을 세워라

목표는 주의를 집중하는 것이다.
인간의 의식은 분명한 목적을 갖기 전에는 목표 의식을 향해 움직이지 않는다.
목표를 설정할 때 성공은 이미 시작되는 것이다. 목표를 설정하는 순간
스위치가 켜지고, 물이 흐르기 시작하고, 성취하려는 힘이 현실화된다.
– 린 데이비스 –

일본의 최고 갑부이자 T업계의 성공 신화를 탄생시킨 소
프트뱅크 손정의 회장은 이미 19세 때 자신의 50년 인생 계
획을 설계했다.

20대에 자신의 분야에서 이름을 얻고,

30대에는 최소한 현금 1천억 엔 정도의 자금을 모아,

40대에 정면 승부를 건 뒤 50대에 사업을 완성하고,

60대에는 후계자에게 경영을 완전히 물려 주겠다는 것이
바로 그것이었다.

50년은커녕 5년, 10년의 계획마저 없이 사는 당신이라면 지금이라도 늦지 않았다.

10년 단위로 남은 인생을 설계하면 된다.

계획 없는 삶은 목적지 없이 떠도는 인생의 방랑객이다.

명확한 인생 계획이 섰을 때 그것을 향한 노력을 하게 되고 열정을 불러오게 된다.

계획대로 모든 것이 이루어지고 진행되기란 쉽지 않다.

때문에 계획했던 것과는 다른 모습으로 남을 수도 있다.

하지만 설령 계획대로 이루어지지 않았다 하더라도 계획을 세우고 달려왔다면 그 자체만으로 절반의 성공은 거둔 셈이다.

만일 당신에게 계획이 없다면 그것은 당신의 인생이 돛을 달지 않고 바다에서 표류하는 외롭고도 위험한 항해와 같은 것이다.

12
자신의 일을
자랑스럽게 여겨라

자신이 할 일을 하라. 그리고 저들이 소리지르게 내버려둬라.
지난달에는 무슨 걱정을 했지? 지난해에는? 그것 봐라. 기억조차 못하잖니?
그러니까 오늘 네가 걱정하고 있는 것도 별로 걱정할 일이 아닐 거야.
잊어버려라. 내일을 향해 사는 거야.
— 아이아코카 —

어느 고등학교 동창생들이 졸업 후 이십 년 만에 동창회
를 열었다.

공무원이 말했다.

"매일 같은 일 지겹기도 하고……, 그나마 월급이 제때
나오니 그것 믿고 살아."

회사를 운영하는 사장이 말했다.

"이렇게 사업이 힘들면 시작하지 않았을 거야. 차라리 월
급쟁이가 좋았는데……."

이번에는 경찰관이 말했다.

"남들은 정의로운 사회구현을 위한 봉사자니 시민의 보호자니 하지만 허구한 날 집에 못 들어가고 월급은 적고……. 옷 벗고 싶을 때가 한두 번이 아니야."

그 다음에는 허름한 식당을 운영하는 친구가 말했다.

"배고픈 사람들이 밥 먹고 나서 행복한 미소지을 때, 내가 요리한 찌개가 맛있다고 할 때 나는 행복해. 큰 돈은 못 벌지만 우리 네 식구 밥 먹고 살 수 있으니까 좋고, 더 즐거운 것은 우리 아이들이 아빠가 해준 요리가 가장 맛있다고 하니까 좋아."

그러자 옆에 있던 청소부가 직업인 친구도 말했다.

"나도 행복해. 사람들은 우리 직업을 우습게 보지만 그래도 우리가 청소를 하니까 거리가 깨끗해지잖아. 쓰레기로 넘쳐나는 거리를 상상해 보라고. 아마 다들 싫어할 걸. 많은 사람들을 행복하게 해줄 수 있으니 내 직업도 괜찮은 편이야."

직업에는 귀천이 없다.

중요한 것은 당사자가 일을 하면서 얼마나 행복하고 얼마나 즐거우냐에 달려 있다.

    지금 이 순간 스스로 '나는 나의 일을 얼마나 사랑하는가?'에 대해 자문해라.

    사랑하지 않는다면 이제부터라도 일을 즐겁게 하고 만족을 얻을 수 있는 방법을 생각해라.

    지금 당신이 하는 일이 즐겁지 않다면 그것은 이 세상에서 가장 악독한 배우자와 사는 것보다도 더 불행한 일일 것이다.

13
부모에게 의지하지 마라

사나운 말도 잘 길들이면 명마가 되고,
품질이 나쁜 쇠붙이도 잘 다루면 훌륭한 그릇이 되듯이 사람도 마찬가지다.
타고난 천성이 좋지 않아도 열심히 노력하면 뛰어난 인물이 될 수 있다.

— 채근담 —

요즘의 젊은이들 중에는 삼십이 넘어도 부모의 손 안에서
살아가는 캥거루족들이 너무도 많다.

당신이 미성년자 딱지를 떼었을 때까지 당신의 부모가 당
신을 돌봐 주었다면 그 이후로 당신은 더 이상 부모에게서
무언가를 요구하거나 기대어 살 자격이 없다.

대학을 졸업하고 직장을 얻고 나서도 결혼을 위해, 집을
구입하기 위해, 사업을 위해, 마냥 부모의 도움을 원하는 이
들이 부지기수다.

당신이 만 19세가 넘는다면 이미 부모는 당신에게 줄 만큼 준 입장이다.

더 이상 무엇을 원하는가?

보너스로 대학교까지 보내 주었다면 그야말로 단 십 원도 더 이상 원해서는 안 된다.

부모가 자식을 위해 인생을 살아가는 것은 결코 아니다.

부모가 늘 자식을 위해 희생을 해서도 안 된다.

성인이 된 후부터는 갖고 싶은 것, 하고 싶은 게 있다면 스스로 찾아나서고 스스로 노력하여 얻어라.

나이 삼십이 되도록 부모의 그늘 속에서 캥거루처럼 살아간다면 그만큼 자신의 능력을 죽이는 일이고 의지력을 포기하는 일이다.

14
전화 매너를 지켜라

말로부터 입은 상처는 칼에 맞아 입은 상처보다 더 아프다.
– 모로코 명언 –

보이지 않는다.

누구인지 모른다.

그저 소리만 들릴 뿐이다.

그런데 "여보세요."라는 한 마디가 그렇게 정겹고 친절한 가 하면, 반대로 퉁명스럽기 짝이 없거나 당장 수화기를 내려놓고 싶을 정도로 냉기가 도는 말투도 있다.

얼굴을 볼 수 없을 때 더 조심하고 신중을 기해서 말해야 한다.

누워서, 다리를 흔들면서, 화난 얼굴로, 귀찮아하는 얼굴로 전화를 받는다면 목소리를 통해 이미 그 모습이 전달된다. 감정과 목소리는 하나여서 목소리를 속일 수는 없기 때문이다.

제품과 서비스를 파는 현대 기업들은 콜센터와 A/S센터의 전화 상담자들에게 철저한 교육을 시킨다. 단 한 번의 실수도 허락하지 않는다. 전화는 그 기업의 얼굴이자 목소리이고, 제품의 질이자 서비스의 척도이기 때문이다.

소비자들의 적지 않은 불만이 전화 응대에서 발생한다.

반대로 고객의 만족이 전화에서 발생한다.

어떤 보험회사의 1등 영업사원은 전화 한 통화로 수억 원의 가입액을 창출하기도 하고, 또 어떤 가전회사의 콜센터 직원은 돈으로도 해결할 수 없는 고객의 불만 사항을 친절한 전화 한 통화로 해결하기도 한다.

이제부터 수화기를 들 때는 보다 정돈된 마음과 자세로 매너를 먼저 점검한 후 번호를 눌러라.

당신의 이런 마음이 상대에게 고스란히 전달되면 상대로부터 당신은 신뢰받고 능력을 인정받게 될 것이다.

15
상갓집 갈 때
이것은 반드시 지켜라

남 몰래 하는 선행은 땅 속을 흐르며
대지를 푸르게 가꾸어 주는 지하수 줄기와 같은 것이다.
– 토머스 칼라일 –

사랑하는 가족을 잃은 사람들을 찾아가 위로하는 일은 아주 소중한 일이며 반드시 해야 할 일이다.

슬픔에 잠긴 가족들, 그들을 위로하러 오는 조문객들, 그 사이에 조용한 침묵과 고인에 대한 묵념이 깔려 있다.

현란한 색상의 옷을 입고 화사하게 화장을 하고, 술에 취해 휘청거리고, 자기 자랑에 빠져 있고, 친구들을 만나 한바탕 웃고 떠드는 사람들처럼 조문을 간다면 슬픔에 잠겨 있는 고인의 가족들에 대한 예의가 아니다.

마음이 중요하다고는 하지만 많은 이들이 모인 자리에서 일단 보여지는 모습이 잘못되었다면 그것은 큰 실수이고 결례다.

옷차림을 정숙히 하고 몸가짐을 흐트러지지 않게 하고 조용한 말로 고인의 가족들을 위로하고 고인의 명복을 빌어라.

상갓집이 잔치집인 양 착각하는 일이 없어야 한다.

16
클랙션을
함부로 울리지 마라

친절이란 귀먹은 사람이 들을 수 있고, 눈 먼 사람이 볼 수 있는 언어이다.
– 마크 트웨인 –

운전을 하려면 먼저 지켜야 할 매너를 알아야 한다.

누군가 끼어들었을 때, 앞 차가 천천히 가고 있을 때, 이유 없이 차들이 가지 않는다고 느껴질 때 일단 클랙션 먼저 누르는 게 마치 기본인 줄 아는 이들이 한둘이 아니다.

교통 문화 잘 지키는 외국에 가보라.

하루종일 거리를 활보하고 다녀도 클랙션 소리는 한두 번 들을까말까다.

아주 절박한 순간이 아니라면 귀를 찢는 듯한 소음의 주

인공인 클랙션을 울리지 마라.

당신이 차 안에 있지 않고 길을 걸어가고 있다고 생각해 보아라.

클랙션 울리는 소리가 얼마나 사람을 혼란스럽고 짜증나게 하는지…….

"남들이 하니까."

"성격이 급한 편이라서."

"당연한 일이니까."

이런 핑계 따위는 오히려 당신의 인격을 깎아내릴 뿐이다.

운전자의 운전 매너는 곧 그 사람의 인격이다.

당신이 설령 잘못한 것이 하나도 없고 당연히 울려야 하는 클랙션 소리일지라도 그 이유를 모르는 수많은 사람들이 얼굴을 찡그린다면 당신의 행동은 그다지 아름답지 못한 것이다.

시간적으로 조금 손해를 보더라도, 다른 차의 운전 방해로 조금 기분이 불쾌하더라도 클랙션에 손을 가져가는 일은 가급적이면 삼가라.

당신이 운전하지 않았을 때를 기억하면 그 답은 더 빨리 얻게 될 것이다.

17
남의 얘기를 전하지 마라

말이 있기에 사람은 짐승보다 낫다.
그러나 바르게 말하지 않으면 짐승이 그대보다 나을 것이다.
– 사아디 고레스탄 –

이 세상에서 가장 못난 사람이 남의 얘기를 전하는 사람
이다.

'발 없는 말이 천리를 간다' 는 말이 있다.

좋은 얘기든 나쁜 얘기든 상대가 허락하지 않는 말에 대
해 다른 사람에게 전하는 일은 아주 잘못된 일이다.

말은 또 다른 말을 만들어내는 성질이 있어 본래의 의도
와는 전혀 다르게 전달되어 또 소문이 되어 순식간에 퍼져
나간다.

소문은 무서운 것이다. 자칫하면 한 사람의 명예를 짓밟고 세상밖으로 그를 내모는 일이 된다.

소문이란 너무도 무서운 것이어서 때로는 사람을 죽음으로 몰고 가기도 하고 오해와 불신이 팽대해지게 만든다.

남의 얘기를 전하는 일은 참으로 쓸모없는 일이다.

시간 낭비는 물론이고 생각없이 전한 말로 인해 당사자가 받아야 하는 괴로움이나 충격은 상상을 초월할 수도 있다.

지금 이 순간 누군가가 당신의 얘기를 한다고 생각해 보아라.

특히 당신의 단점을, 실수를 말한다고 생각해 보아라.

그 얼마나 불쾌하고 참을 수 없는 모욕인가.

'세치 혀 끝을 조심하라'는 선인들의 말씀이 결코 그른 말이 아니다.

입단속을 잘 해야 한다. 꼭 필요한 말만 하되 희망적인 이야기를, 상대의 귀도 즐거워지는 이야기를 해라.

이야깃거리가 없어 심심하다면 생각 없이 말하는 대신 타인의 말을 경청해라.

18
약속은 반드시 지켜라

아이에게 무언가 약속하면 반드시 지켜라.
약속을 지키지 않으면 당신은 아이에게 거짓말하는 것을 가르치는 것이 된다.
– 탈무드 –

약속이란 처음부터 지키기 위해 하는 것이다.

약속을 지키지 않는 사람은 그 어떤 변명으로도 자신을 구하지 못한다.

약속은 종류와 사람을 떠나서 모든 약속은 매우 중요하며, 그것을 저버리면 신뢰를 잃게 되는 일이다.

한국 사람에게는 '코리안타임' 이란 것이 있다고 한다.

20~30분 정도는 더 기다려 줄 거라고 믿고 늦게 나타나는 것이다.

이민을 가는 사람과 공항에서의 약속, 어음에 대한 금액을 은행에 입금시키기로 한 약속, 의사와 수술 환자의 수술 시간에 대한 약속, 사랑하는 사람들끼리 부정을 저지르지 않겠다는 약속, 급한 일을 도와 주겠다는 약속 등등.

절박하고 아주 소중한 약속들은 너무도 많다.

약속을 지키지 않았을 때 그로 인해 느껴야 하는 그 엄청난 후회와 질책을 생각해 보라.

약속이 깨지면 둘 중 한 사람은 그만큼 괴롭고 아픈 상처를 받게 된다.

그리고 상대에 대한 실망감과 불신을 갖게 된다.

지키기 어려운 약속, 지키지 않을 약속이라면 아예 약속을 하지 마라.

솔직하게 자신 없다고 고백해라.

19
세상을 넓게 보아라

세상에는 배울 것이 수 없이 많다. 하지만 인생과 사회에 유익이 없으면
모든 학문과 예술은 쓸모없게 될 뿐만 아니라
인생에 해만 끼치는 오락거리로 전락하게 된다.

— 톨스토이 —

정저지와(井底之蛙)라는 말이 있다.

우물 안의 개구리는 우물 안의 세계밖에 모른다.

바깥 세상에 무엇이 있는지 어떻게 돌아가는지 전혀 모른다.

사람도 마찬가지다.

자기 회사, 자기 동네, 자기 나라만 보면 그 사람의 미래에는 한계가 있다.

작게 보는 만큼 적게 생각하고 목표 또한 작아진다.

세상은 넓다.

사람도 많고, 볼 것도 많고, 할 일도 많다.

높이 나는 새가 멀리 볼 수 있듯이 남보다 더 부지런하고 더 노력하는 사람에게는 보다 넓은 세상을 향해 나갈 수 있는 기회도 더 많이 열린다.

대한민국의 명문이 전 세계의 명문이 아니다.

대한민국의 최고가 세계 최고는 아니다.

빙상에서 한떨기 아름다운 꽃처럼 아니 백조처럼 움직이는 김연아의 몸짓, 수영에서 수없이 신기록을 갈아치우고 있는 박태환의 몸짓, 이것이 바로 세계적인 것이고, 그들은 일찍이 넓은 세상을 바라보며 노력했던 것이다.

20
여행을 통해
세상을 배워라

세계는 한 권의 책이며,
여행하는 사람들은 그 책의 한 페이지를 읽었을 뿐이다.
– 아우구스티누스 –

여행을 떠나라.

떼지어 우르르 떠나서 먹고 마시고 떠드는 여행도 좋지만 혼자만의 여행을 떠나라.

배낭 하나 메고 세상을 무대로 떠나라.

스페인의 알람브라궁전에서 불가사의를 느끼고, 일본의 하코네에서 자연의 신비를 느껴라.

상해의 뒷골목에서 상거래의 묘미를 즐기고, 시드니의 푸른 바다에서 환경의 소중함을 배워라.

당신이 생활하는 공간이 당신의 모든 세계는 아니다.

세상은 얼마나 넓고 얼마나 다양한지, 그리고 얼마나 많은 사람들이 살아가는지 보고 느끼고 체험해라.

시간을 때우고 말초신경을 자극하는 그런 여행은 여행이 아니다.

마음의 풍요 속에서 가벼운 발걸음 속에서 더 많은 것을 만날 때, 그리고 그 만남에서 당신의 생각이 바뀌고 마음의 평화를 얻을 때, 당신은 이미 많은 것들을 배낭 속에 집어넣는 유익한 여행이 될 것이다.

21
도박, 사행성 게임에
빠지지 마라

그토록 수많은 감각들이 지나쳤지만 내 영혼은 만족이라는 것을 모른다.
오로지 초조하게 안달이 나 아직도 더 많은 감각들에 대한 갈망으로 넘친다.
완전히 소진될 때까지 갈망은 강해진다.
— 도스토예프스키 —

노력하지 않고 재물을 얻으려는 자,

남의 재물을 자신의 재물로 만들려고 하는 자,

땀 한 방울 흘리지 않고 큰 돈을 하늘이 내려 주는 선물처럼 받으려 하는 자,

그들만큼 불행한 사람은 없다.

그들은 간단한 게임으로 금전을 얻으려고 한다.

그들의 금전적 이득으로 인한 기쁨은 반드시 누군가의 슬픔을 유발시킨다.

그들이 불행한 더 큰 이유는 한 번 빠져들면 헤어나기가 힘든 도박이나 사행성 게임에 빠져 있다는 것이다.

돈을 쉽게 움켜쥐어 본 그들은 밭을 갈고 벽돌을 나르고 기계를 가동시키는 그런 일을 결코 하지 않는다.

쉽게 돈을 버는 방법을 알았기 때문이다.

하지만 엄밀히 따져보면 그들은 돈 버는 방법을 알게 된 것이 아니라 공짜로 남의 돈을 교묘하게 빼앗는 방법을 알게 된 것이다.

그들은 도박을 할 때 혼신을 다해 열정적으로 임한다.

그 혼신의 열정을 일이 아닌 도박에 쏟고 있으니 문제다.

파스칼은 말했다.

"도박을 즐기는 모든 사람들은 불확실한 것을 얻기 위해 확실한 것을 걸고 내기를 하는 것이다."라고.

Part 2

세상은 멋지고 살 만한 곳, 여행을 떠나자.

"하지만 시간도 공간도 없고 그 둘의 결합만 있다고 믿었던 아인슈타인,
또는 대양 저 너머에 절벽이 아니라 다른 대륙이 있다고 확신했던 콜럼버스,
또는 인간이 에베레스트에 오를 수 있다고 장담했던 에드먼드 힐러리,
또는 독창적인 음악을 창조해냈고 다른 시대 사람들처럼 옷을 입고 다녔던 비틀즈.
아마 너도 그들에 대한 이야기는 들은 적이 있을 거야. 이 모든 사람들,
그리고 다른 수많은 사람들 역시 그들 자신의 세계 속에서 살았어."
- '베로니카 죽기로 결심하다' 에서 -

22
저축은 습관이다

가난하다는 사실만으로는 불명예를 돌릴 수 없다. 문제는 그 원인이다.
그 가난이 나태, 방종, 사치, 우둔의 결과가 아닌지 잘 생각해 보라.
그때에야 비로소 부끄러움을 느낄 것이다.
– 플루타르크 –

40년이 넘는 세월 동안 단 한 번도 자신의 차를 사지 않았고 집에서 사무실까지 왕복 8km를 매일같이 걸어 다니며 출퇴근을 하는 86세의 저축왕이 있다.

그는 400여 개가 넘는 통장을 갖게 됐지만 여전히 3천 원짜리 점심을 사먹을 만큼 검소한 생활을 고집한다.

평소 '돈 버는 자랑을 하지 말고 돈 쓰는 자랑을 해야 한다'는 신념을 갖고 있던 그는 아껴 모은 돈으로 장학재단을 설립해 지금까지 5억 원의 기금을 출연했고, 이 재단을 통해 교수와 학생 등 380여 명에게 3억 7천만 원을 지원해 왔다.

그는 말한다.

"적게 벌더라도 아껴 쓰고 장래를 위해 저축해야 한다."
고.

저축은 습관이다.

하루 이틀 만에 새롭게 각오하고 저축한다고해서 그게 진정한 절약과 저축은 아니다.

저축하는 사람은 생활 모든 면에서 조금씩조금씩 아끼고 저축한다.

저축 잘 하는 사람은 큰 돈을 버는 사람이 아니다

단지 불필요한 부분에서 낭비를 하지 않을 뿐이다.

단지 허례허식을 즐기지 않을 뿐이다.

단지 자신의 미래를 볼 뿐이다.

23
함께할 사람이라면
단점까지 사랑해라

어려운 것은 사랑하는 기술이 아니라 사랑을 받는 기술이다.
– 알퐁스 도데 –

한국에서만 1년에 14만 5천쌍, 하루 평균 400쌍이 남남으로 헤어진다.

1년이면 29만 명이, 하루 평균 800명이 법원에서 이혼하고 나와 각자 새로운 길을 걸어가는 것이다.

검은 머리 파뿌리 될 때까지 서로 믿고 의지하고 살자고 맹세를 한 그들이다.

사랑할 때는 그 사람의 좋은 점만 보인다.

아니 설령 단점일지라도 그것마저도 좋아 보인다.

하지만 사람이란 시간이 흐르다 보면 심리적으로 달라질 수 있다.

얼마든지 누구든지 상대에 대한 애정이 식어질 수가 있다.

경우에 따라서는 이혼 하는 것이 바람직할 수도 있다.

하지만 이건 아니다. 1년이면 지방의 한 도시 인구만큼의 사람들이 함께 살다가 헤어진다는 게 말이 되는가?

이혼하는 사람들마다 사연은 제각각이다.

상대가 돈을 벌지 못해서, 게을러서, 성격이 맞지 않아서, 바람을 피워서, 폭력을 가해서 등등.

이들에게 한 가지 공통된 문제는 상대의 부족한 점 그 단점을 내세운다는 것이다.

부족하고 모자라면 채우며 함께 사는 게 부부이고 인생이다.

오랫동안 함께 살려면 먼저 상대의 단점도 사랑으로 감싸고 이해해라.

그리고 정말 문제가 된다면 서서히 고쳐 주는 노력을 기울여라.

24
지구본을
책상에 올려 놓아라

자식에게 만 권의 책을 사주는 것보다 만 리의 여행을 시키는 것이 더 유익하다.

– 중국 속담 –

당신의 책상 위에는 지구본이 있는가?

아니면 세계 지도라도 붙어 있는가?

어린 시절에는 책상 위에 지구본이 올려 있었다. 학교 공부를 위해서 의도적으로 구입한 사람도 있고, 특별한 날 부모님으로부터 선물을 받았을 수도 있다. 하지만 그 지구본은 언제부터인가 책상에서 자취를 감춘다.

창고에서 먼지 쌓인 그대로 내동댕이쳐지거나 서재의 한 귀퉁이에서 찬밥 신세를 면치 못하기도 한다. 어른이 되어서도 책상 위에 지구본을 올려놓고 수시로 보는 사람은 극히 드물다.

단 세계를 무대로 사업을 하거나 수출을 위해 제품을 만들어내는 사장이라면 어김없이 지구본이 있다. 또 지구본이 아닌 대형 세계지도를 한쪽 벽면에 걸어놓고 수출거점 지역을 눈에 띄게 표시해 놓는 이들도 있다.

그 지도 위 글로벌 무대로 행군하려면, 아니 세상이 어떻게 생겨먹었고 어떻게 움직이고 있는지 관심을 갖고 있다면 지금 당장 지구본을 사다 책상 위에 올려 놓아라.

지구본을 돌리며 세계 각지를 구석구석 탐색해 보는 일은 아주 즐거운 휴식이 된다.

세계 30여 개국을 여행한 한 중년의 사내가 있었다.

본래 그의 직업은 교사였고, 평소 여행이라고는 아이들 데리고 떠나는 역사 유적지 탐방이 전부였다. 그런데 어느날 아들에게 사준 지구본이 아들의 책상에서도 오래 버티지 못하고 책상 아래로 밀려나자 그는 지구본을 자신의 책상 위에 가져다 놓고 보기 시작했다. 그리고 그때부터 세계 여행을 계획했다. 1년에 두 곳씩만 가기로 마음 먹고 시작한 여행은 그로 하여금 교사라는 직업도 그만두게 했고, 그를 여행 칼럼니스트로 바꿔놓았다.

어디 그뿐인가. 이십여 년 동안 하지 않고 있던 영어 공부를 하게 만들었고, 지금은 무역 컨설턴트로 만들어 놓았다.

일도 하고 여행도 하면서 국제선 비행기를 밥 먹듯이 타고 움직이는 그는 작은 지구본 하나가 자신의 삶을 완전히 다른 세계로 바꾸어 놓았다고 말한다.

넓은 세상, 그 넓은 무대를 그가 좀 더 일찍 알았더라면 그의 모습은 또 달랐을 것이다.

사람들은 종종 자신이 본 세상이, 자신이 알고 있는 세상이 전부라는 착각에 빠져 살곤 한다. 그것은 자칫하면 편견과 자가당착으로 빠지는 결과를 초래할 것이다.

영어를 유창하게 하지 못해도 된다.

키가 작고 피부색이 검어도 된다.

더 큰 무대, 더 넓은 세상으로 행군하고 싶은 의지만 있다면 국제선 비행기를 타고 낯선 땅에 내려도 두려움이나 무서움이 없다.

세계 어디든지 다 사람 사는 세상이고 하루 세 끼 먹고 밤에는 잠자고, 휴일에는 휴식을 취하며 사는 것은 별반 다를 게 없다.

미국의 한 주보다도 작은 나라, 교육열이 그 어느 나라보다 뜨겁고 일에 대한 열정이 강한 나라, 사계절이 뚜렷해 살기가 좋다는 나라.

하지만 대한민국만이 우리 인생의 무대는 결코 아니라는 얘기다.

그렇다고 반드시 해외에 나가 비즈니스를 하라는 얘기도 아니다.

더 멀리 더 넓게 세상을 보고 느껴라.

그곳 어디든지 내가 열심히 일해 번 돈으로 만찬을 차려 먹을 수 있는 기회는 활짝 열려 있다는 것이다.

25
한 가지 일에 올인해라

모두가 반대하는 것에 도전하라. 모두가 찬성하는 것은 대체로 실패하고
모두가 반대하는 것은 어떤 이유에서인지 모르지만 성공을 거둔다.
반대가 많은 만큼 그것을 실현했을 때는 어디에도 없는
새로운 부가가치를 창출하는 셈이 되므로 역으로 성공도 컸다.
— 스즈키 도시후미 —

일본에 직원 5명 밖에 안 되는 한 작은 회사가 있다.

이 회사에게는 세계 유명 대기업들도 함부로 하지 못한다.

기술력 때문이다.

톱날을 만드는 이 회사는 세계 어느 회사도 만들지 못하
는 산업용 톱날을 만든다.

150년 동안 오직 하나 톱날만을 만들어오면서 감히 그 누
구도 흉내낼 수 없는 노하우를 갖게 된 것이다.

각 분야에서 성공한 사람들을 보라.

그들에게는 공통점이 있다.

오직 한 우물만 팠다는 것이다.

'여덟 가지 재주 가진 자 밥 빌어먹기 딱 좋다'는 말이 있다.

여러 가지 잘 하는 것보다 한 가지를 뛰어나게 잘 하는 사람이 성공한다.

최소한 이십 년, 삼십 년씩 한 분야에 올인한다면 자신도 모르는 사이에 인정받는 전문가가 되어 있을 것이다.

철새 직장인들처럼 여기 조금, 저기 조금, 이것도 해보고 저것도 해보고 그렇게 기웃거리지 마라.

하나도 제대로 배우지 못하고 시간만 낭비하는 이들이 부지기수다.

가장 잘 할 수 있는 것 한 가지에만 올인해라.

그것이 당신의 인생을 성공으로 안내할 것이다.

26
윗사람이라면
먼저 솔선수범해라

보스는 가라고 말하지만, 리더는 가자고 말한다.
– 더글러스 맥아더 –

부모는 자식의 거울이며, 선배는 후배의 벤치마킹 모델
이다.

아랫사람을 다스리고 키워주는 데 있어서 무작정 말로만
강요하지 마라.

열 번의 잔소리와 지시보다는 한 번의 솔선수범이 오히려
효과적이다.

어느 기업 컨설턴트가 생산 현장에 나가 생산 직원들을
대상으로 개선 사항을 알려 주고 실행할 것을 권유했다.

하지만 오랜 시간 동안 자신들의 방식을 지켜온 생산 직원들은 좀처럼 새로운 방법으로 개선하려 들지 않았다.

이에 컨설턴트는 직접 기름기 묻은 걸레를 들고 기계를 닦고 빗자루를 들고 화장실 청소를 했다.

그러자 직원들은 그제서야 그 컨설턴트의 지시를 따라서 혁신 활동을 추진하더란다.

말로 해서 안 되는 이들에게 억지로 말로만 강요해서는 아무런 효과가 나타나지 않는다.

먼저 실행하면 그들은 자연스럽게 따라하기 마련이다.

아랫사람들은 윗사람을 보고 배운다.

설령 그릇된 일일지라도 그들은 윗사람이 하는 일을 그대로 보고 따라한다.

정당하고 옳은 일일수록 솔선수범해라.

그것이야말로 자식을, 후배를 바르게 키우는 일이다.

27
누구에게나
한 가지 재주는 있다

지금의 나를 성공으로 인도한 것은 나 자신에 대한 믿음이었다.

- 리처드 브랜슨 -

어떤 사람들은 말한다.

"나는 재주가 없다."고.

재주가 없는 것이 아니다.

그들은 자신이 가진 능력을 발견하지 못했을 뿐이다.

'사람들은 누구나 다 한 가지 재주는 가지고 태어난다' 는 말이 있다.

적어도 틀린 말은 아니다.

어느 구석이든 남보다 좀더 잘 할 수 있는 것, 남보다 뛰어난 것 한 가지는 다 갖고 있다.

자신을 꼼꼼히 살펴보아라.

스스로 애정을 갖고 구석구석 찾아보아라.

분명 당신 자신에게서 지금까지 발견하지 못했던 것, 그것을 발견하게 될 것이다.

직업적으로 성공한 사람들을 보아라.

예능과 개성으로 성공한 사람을 보아라.

그들이 다방면에서 유능한 사람들은 결코 아니다.

그들은 단지 자신의 한 가지 재주를 잘 키우고 살린 것뿐이다.

28
나누어라
아끼지 말고 베풀어라

삶은 순간순간이 아름다운 마무리이며, 새로운 시작이어야 한다.
- 법정 스님 -

어느 장애인이 272번의 헌혈을 했다.

또 어느 대학 교수는 자신의 연봉보다 많은 1억 원을 매년 장학금으로 기부하기로 했고, 또 다른 의학 박사는 자녀의 결혼 자금 4억 원을 제외한 200억 원이 넘는 자신의 전 재산을 사회에 환원키로 했다.

살아오는 동안 땀흘려 애써 모은 돈을 남을 돕는 일에 선뜻 내놓기란 그리 쉽지 않다.

경제적으로 어려움에 처해 있는 이들을 도와 주는 것은

훌륭한 나눔이다.

나눔은 실천이며, 그 실천은 아름다움이고, 행복이다.

자신보다 더 어려운 사람의 처지를 생각하여 큰 것이 아니더라도 도움을 줄 수 있는 사람은 그만큼 마음이 풍요로운 사람이기 때문에 행복한 것이다.

세상에는 우리가 알고 있는 것보다 더 많은 이들이 가난과 질병으로 고통 받으며 산다.

내 가족, 내 친척만 풍요롭고 행복하면 된다는 생각에서 벗어나야 한다.

세상 사람들은 피부색이 달라도, 언어가 달라도, 인간이라는 이유 하나만으로 나눔을 통해 서로가 행복한 삶을 살아야 한다.

이웃을 돕고 봉사를 실천하는 것은 특별한 사람만 하는 것은 아니다.

또 경제적으로 풍요로워야만 가능한 것은 아니다.

작은 것일지라도 함께 나눈다는 그 자체가 중요하다.

나눔은 사랑이 되고, 사랑은 베품이 되고, 베품은 곧 행복이 된다.

29
부모는
자식들의 교과서다

나는 성장하는 과정에서 좋은 스승과 좋은 벗을 많이 만나 큰 도움을 받았다.
그러나 무엇보다도 아버지로부터 받은 사랑과 교훈,
그리고 모범이 가장 훌륭한 교훈이었다.

− 발포아 −

　조선 중기의 뛰어난 학자 율곡 이이 뒤에는 신사임당이라
는 지혜로운 어머니가 있었고, 동양의 빼놓을 수 없는 인물
이자 유교 학자인 맹자에게도 자식을 위해 이사를 세 번씩
하는 어머니가 있었다.

　부모가 반드시 자식을 위해 헌신을 해야 할 의무는 없다.

　자식이 원하는 것을 다 해주고 들어 주어야 할 이유도
없다.

　결혼하고 자식을 낳고 살 집을 마련할 때까지 그렇게 자

식을 위해 애써야 할 필요가 없다.

정말 자식에게 부모가 주어야 하는 것은 따로 있다.

함께 살아가는 동안 아이가 스무 살이 되기 전까지의 시간 동안 아이에게 들려 주고 보여지는 말과 행동 그 속에 부모가 자식에게 줄 선물은 숨어 있다.

때문에 부모가 살아가는 모습 그 자체가 자식에게는 최고의 교과서이다.

자신이 맡은 일을 열심히 하면서 살아가는 모습, 가족을 사랑하는 말과 표현, 절약하고 이웃을 사랑하고 가난한 이들을 도우며 늘 웃으며 살아가는 모습, 그런 모든 것들이 자녀들에게 그대로 전달되기 마련이다.

　그러니 현명한 부모는 자식에게 무엇을 강요하거나 그 자식의 뒷바라지로 육십이 넘어서도 희생을 하는 일을 자청하지 않는다.

30
책은 늘 들고 다녀라

책을 통해 나는 인생의 가능성이 있다는 것과
세상에 나처럼 사는 사람이 또 있다는 것을 알았다.
독서는 내게 희망을 주었다. 책은 내게 열려진 문과 같았다.

– 오프라 윈프리 –

휴대폰을 들고 다니는 당신이라면 책도 그 휴대폰처럼 가지고 다녀라.

휴대폰을 여는 횟수만큼 책을 펼쳐 읽어라.

버스 안에서, 전철 안에서, 휴게실에서, 커피숍에서, 휴대폰을 열고 통화하는 시간 만큼만이라도 책을 펼쳐 읽어라.

휴대폰이 당신의 인간 관계와 현대 사회의 정보 뱅크 역할을 한다면 책은 당신의 정신적인 풍요를 책임져 줄 것이다.

우리가 진정으로 배우고 느껴야 할 모든 것들은 책 속에

들어 있다.

책 속의 가르침대로 실천하고 표현한다면 세상만사 모든 일은 순조롭게 이어질 것이다.

현대인의 삶은 정신적 풍요보다는 물질적 풍요에 기울어져 있다.

물질적 풍요가 지나치다보면 사람 냄새가 희미해지고 물질의 노예가 되어간다.

31
TV에
인생을 도난당하지 마라

사람은 그가 입은 제복대로의 사람이 된다.
- 나폴레옹 -

우리의 삶은 끝이 없이 무한정 이어지는 것은 아니다.

흙이 되어, 물이 되어 언젠가는 자연 속으로 다시 돌아가기 마련이다.

살아가는 동안 우리가 해야 할 일은 너무도 많다.

떠날 때가 되면 아쉬운 것 투성이인 게 인생이다.

그런데 우리는 많은 시간을 TV 보는 것에 빼앗기고 있다. 물론 TV를 보는 것을 나쁘다고는 말할 수 없다.

지식이나 정보를 제공해 주고 시청자들에게 즐거움을 준

다는 장점도 있다.

다만 TV는 마약 같은 중독성이 강하다.

드라마나 오락 프로그램은 보면 볼수록 자신도 모르게 그 속으로 빠져들어 가게 된다.

TV시청으로 빼앗기는 시간이 많으면 많을수록 당신은 스스로 해야 할 다른 일들을 하지 못하게 된다.

휴일 늦게까지 수면을 취하고 나서 저녁 늦게까지 TV에 시선을 주시한다면, 지속적으로 보는 드라마 때문에 회사 일을 미루고 집으로 향한다면 그것은 절대 안 될 일이다.

결국 TV가 당신의 인생의 일부를 훔쳐가는 꼴인 것이다.

반드시 시청해야 할 프로그램이 있다면 시간을 적당히 분배하여 정해놓은 시간만큼만 허락해라.

그리고 그것이 당신의 삶에 소중한 자양분이 되도록 해야 한다.

그러나 TV시청으로 수면이 부족해지거나 해야 할 일을 못하게 되거나 더 중요한 약속이나 과제를 끝내지 못한다면 TV는 당신의 인생을 갉아먹는 존재가 될 것이다.

32
상대의 말에
귀 기울여라

한 마디의 말이 들어맞지 않으면 천 마디의 말을 더 해도 소용이 없다.
그러기에 중심이 되는 한 마디를 삼가서 해야 한다.
중심을 찌르지 못하는 말일진대 차라리 입 밖에 내지 않느니만 못하다.
– 채근담 –

화술에 뛰어난 사람은 먼저 상대의 말을 충분히 들은 후에 자신의 말을 한다. 또 말을 많이 하기보다는 많이 들으려고 한다.

상대의 말에 귀 기울이지 않는 사람은 그렇지 않은 사람보다 더 많은 실수를 범한다.

상대의 말을 무시하는 사람은 늘 자기 입장에서만 생각하고 말하고 판단한다.

결국 그는 이기적인 사람이 될 수밖에 없다.

그리고 독선적이고 이기적인 사람이 될 가능성이 많다.

어떤 상황에서든지 상대의 말을 충분히 들어라.

그 다음에 자신의 생각과 견해를 말하라.

중국 상인들은 가격 협상 시 먼저 가격을 말하지 않는다.

상대의 요구 조건을 들은 다음 자신의 조건을 말한다.

상술의 하나일 수도 있지만 적어도 실수는 없을 것이다.

상대의 말에 귀 기울이지 않는 사람들은 대부분 남을 무시하거나 우습게 여기며, 자기 자만에 빠지기 쉽다.

남의 말을 먼저 충분히 경청해라.

그것이 당신 스스로의 인격을 만들고 세상을 넓게 보게 하는 길이다.

33
부드러운 사람이
성공한다

위대한 리더는 책임을 질 때를 제외하고는
어떤 경우에도 그의 추종자들보다 자신을 더 높은 곳에 두지 않는다.
− 줄 오드몽 −

카리스마만 강하면 성공하는 시대는 지났다.

과묵한 사람, 야성적인 기질을 드러내는 사람, 화를 잘 내는 사람, 얼굴 표정이 굳어 있는 사람, 이런 사람들은 더 이상 환영받지 못한다.

자녀들은 자상하게 다가오고 미소 짓는 아버지를 잘 따르고, 직원들은 부드럽게 미소 띤 모습으로 다가와 대화를 나누는 사장을 잘 따르고 신뢰한다.

미소 띤 얼굴, 부드러운 얼굴, 자상한 얼굴은 그를 대하는 많은 사람들에게 평온과 친근감을 주고 거리감을 없애 준다.

미래 사회학자 존 나이비스트는 21세기는 3F시대라고 말했다.

여성처럼 섬세하고(Female), 느낌을 잘 살리고(Feeling), 상상력이 풍부한(Fiction) 성격의 사람들이 성공한다는 것이다.

이 세 가지 모두 여성을 의미하기에 '미래는 여성의 시대'라는 말로 함축되어 사용되기도 하지만 부드럽다는 것은 남녀 모두에게 적용되는 말이다.

나뭇가지도 부드러운 가지는 쉽게 꺾이지 않으나 강한 나무는 쉽게 부러진다.

너무 강하면 다른 이들과 부딪히기 쉬우며 싫어하는 사람, 즉 적도 그만큼 많아진다.

세상을 아름답게, 많은 이들과 어우러져 살려고 한다면 먼저 부드러워져라.

34
산책을 즐겨라

발을 내딛기 전에 결코 땅을 살피고자 아래를 내려다보지 마라.
저 먼 지평선을 바라보는 사람만이 자신이 가야 할 길을 정확히 찾을 수 있다.

– 댁 해머스콜드 –

천천히 걸어라.

새싹이 나오는 것을 보고, 꽃이 피는 것을 보며 걸어라.

오가는 사람들의 발걸음을 리듬삼아 천천히 걸어라.

낙엽이 지는 것을 보고 흰 눈이 쌓인 길을 걸어라.

괴로워 하거나 깊은 고민에 빠져들지 말아라.

울분을 참지 못해 얼굴에 화난 표정을 그리지도 말아라.

산책을 할 때는 마음을 비워라.

자연을 바라보면서 계절을 느껴라.

천천히 걷고 걷다보면 발걸음이 가벼워지는 만큼 머리는 맑아지고 마음은 가벼워진다.

한 발 한 발 내디딜 때마다 미움을 버리고, 욕심을 덜어내고, 고독을 씻어버려라.

산책을 하는 동안 마음은 평온해지고, 그 평온해진 마음은 행동을 조심스럽게 만들고, 그 행동은 당신의 인격으로 이어질 것이다.

35
절망하지 마라

희망은 영원한 기쁨이며, 사람이 소유하고 있는 토지 같은 것이다.
그것은 해마다 수익이 올라가고, 결코 버릴 일이 없는 확실한 재산이다.

– 로버트 L. 스티븐슨 –

사고로 화상을 입어 전혀 다른 얼굴이 된 한 여대생은 그랬다고 한다.

'이 얼굴로 어떻게 살아'가 아니고, '나름대로 꽤 귀엽다' 이런 생각 하면서 살았단다.

현재의 모습 그대로를 자기 것으로 그냥 받아들였던 거다.

이처럼 그녀는 절망하지 않았기에 지금은 보통사람이나 다름없는 생활을 하며 살아간다.

『지선아 사랑해』의 저자 이지선 씨 이야기다.

누구든지 참을 수 없는 고통과 난관에 부딪히게 된다.

경우에 따라서는 차라리 죽음을 선택하는 것이 좋겠다는 생각을 갖기도 한다.

하지만 절망하지 말아야 한다.

희망이 있는 한 모든 것은 꿈이 아닌 현실로 다가온다.

희망의 끈을 놓지 않는 한 기적도 얼마든지 일어난다.

절망하지 마라.

절망은 스스로를 포기하는 일이고, 절망은 스스로를 방치하는 일이다.

그리고 절망 그 다음은 없다.

끝이기 때문이다.

36
가끔씩 편지를 써라

누군가에게 책임을 맡기고 그를 신뢰한다는 사실을 알게 하는 것만큼
한 사람을 성장시키는 일은 없다.
– 부커 T. 워싱턴 –

　핸드폰만 있으면 외국에 가서도 문자로 안부를 묻고 대화를 나눌 수 있는 그야말로 초특급 정보통신 시대에 살고 있다.

　빠르고 간편하고 쉬운 것은 삶의 질을 높여 준다는 차원에서 환영받을 만한 일이다.

　하지만 편의주의와 속도주의에 익숙해지다 보면 너무 간편하고 너무 빠르다 보니 언어 또한 그만큼 가볍게 이용된다.

　핸드폰 속에서는 진실이 담긴 한 마디, 상대의 가슴을 느

끼게 하는 깊은 한 마디를 찾기 어렵다.

그로 인해 뒤로 처진 사람 냄새와 정마저도 잊게 된다.

밤중에 쓴 편지는 너무 솔직한 글이어서 이튿날 아침이
되면 차마 보낼 수 없을 정도로 자신의 속내를 다 들춰내게
된다. 때문에 메일이나 핸드폰이 등장하기 이전에는 사랑하
는 연인에게, 가까운 친구에게 편지를 써놓고도 부치지 못
하는 일이 종종 있었다. 얼마나 솔직 담백했으면 그런 일도
있었을까.

가끔씩은 편지를 써보자.

편지는 편지만이 갖는 특별한 매력과 진실이 숨겨져 있다.

'사랑한다', '존경한다', '감사하다'

같은 말일지라도 수십 번의 핸드폰 문자메시지와 한 통의
편지는 엄격히 다르다. 보는 사람, 읽은 사람의 감동과 즐거
움은 느껴보지 못한 사람은 감히 알 수가 없다.

마지막으로 편지를 썼던 시절이 언제였는가?

여고 시절 국군 장병에게 쓴 위문 편지였는가?

군복무 시절 부모님께 보낸 부모님전상서였던가?

때로는 디지털적인 생활보다 아날로그적인 생활이 훨씬
큰 감동과 만족이 될 수도 있다. 요즘 같은 세상에서는.

37
오늘 하루를
알차게 보내라

운명은 그 사람의 성격에 의해서 만들어진다. 그리고 성격은 그 사람의 일상생활의
습관에서 만들어진다. 그러기 때문에 오늘 하루 좋은 행동의 씨를 뿌려서
좋은 습관을 거두어들이도록 하지 않으면 안 된다.
좋은 습관으로 성격을 다스린다면 그때부터 운명은 새로운 문을 열 것이다.

– 데커 –

방 안에 누워 뒹굴대며 TV 리모콘 버튼만 누르면서 오늘
또 그렇게 의미 없는 하루를 살았다면, 시간이 가지 않는다
고 재촉하면서 그렇게 절실하지도 않은 일을 위해 시간을
낭비했다면 반드시 이런 명언을 기억해 볼 필요가 있다.

'네가 헛되이 보낸 오늘 하루는 어제 죽은 이가 그토록
갈망하던 내일이다'

우리가 살아 숨쉬는 지금 이 순간, 한 시간, 하루는 얼마
나 소중한 시간인지 모른다.

흐르는 물처럼 시간은 다시 거슬러 올라오는 법은 없다.

한 번 가면 이미 과거가 되고 추억이 된다.

시간은 가고 또 다시 오지만 삶은 종착역이 있기 마련이다.

똑같은 나이의 똑같은 하루가 다시 찾아오지 않는다.

지나간 어제를 아쉬워하기 전에 내일이 되면 어제로 남을 오늘 지금 이 순간을 사랑하고 아끼고, 그리고 최선을 다해라.

하는 일 없이 시간을 축내는 사람만큼 부질없이 사는 사람, 불쌍한 사람은 없다.

38
술은 마시되
독을 마셔서는 안 된다

술은 게으름의 원인이 된다. 술에 빠지면
여섯 가지 과오가 생긴다. 첫째, 당장 재산의 손실을 입게 되며,
둘째, 다툼이 잦아지고, 셋째, 쉽게 병에 걸리며, 넷째, 악평을 듣게 되고,
다섯째, 벌거숭이가 되어 치부를 드러내게 되며, 여섯째, 지혜의 힘이 약해진다.
- 아함경 -

술은 마시되 독을 마셔서는 안 된다.

술로 인해 자신을 해치고,

술로 인해 타인을 불편하게 하고,

술로 인해 세상을 탓하게 된다면

술은 즐거움의 술이 아닌 치명적인 독일 뿐이다.

술은 사람을 불러오고 사랑을 불러오고 즐거움을 불러오기도 하지만, 때로는 싸움을 불러오고 자멸을 불러오기도 한다.

술에 빠져 세상으로부터 외면당하지 말아라.

술에 지쳐 일상으로부터 추방당하지 말아라.

술은 비타민 같은 것이어야 한다.

너무 많이 취하지도 말고,

너무 멀리 할 필요도 없다.

필요할 때마다 적당히 마시고 그것으로 인해

삶의 윤활유가 되어야 한다.

절제가 되었을 때 술은 비타민이 되고, 에너지가 되지만

절제가 되지 않았을 때는 독이 되고 만다.

39
타인의 삶을 존중해라

사람의 마음을 사는 데 겸손은 필수품이다. 이때 겸손은
비굴해지는 것이 아니라 다른 사람들의 의견에 귀를 기울이고 존중하는 것이다.
지금까지 다른 사람들에게 귀를 기울이지 않는 매우 독선적인 사람들을
많이 만났다. 그런 사람들은 무슨 일을 하든지 실패할 수밖에 없다.

– 우이치로 나와 –

유흥업소를 돌며 망개떡을 사라고 외쳐대는 떠돌이 장사
꾼을 가볍게 보지 마라.

길거리에서 구걸하는 걸인을 보고 "왜 저렇게 살아." 하
며 침 뱉지 마라.

잘못을 저지른 죄인을 향해 손가락질을 남발하지 마라.

사람은 누구에게나 그만의 삶이 있다.

언제, 누가, 어떤 모습으로 서 있게 될지 아무도 모른다.

함부로 남의 인생에 대해 평가하지도 말고 비난하지도

마라.

　자기 삶에 최선을 다하고 자기 자신을 존중할 줄 아는 사람은 누구에게든지 함부로 독설을 퍼붓는 일이 없고, 자기 방식대로 남의 인생을 해석하지도 않는다.

　인간사 모든 것은 다 자기 뜻대로만 되는 것이 아니기에, 지금 불행한 모든 사람들이 태어날 때부터 버림받은 사람들은 아니었기에, 함부로 자신의 잣대로 다른 이의 삶을 재어서는 절대 안 된다.

　겸손을 아는 당신이라면 적어도 그런 위험한 장난은 하지 않을 것이다.

40
흉내만 내지 마라

나는 젊은 사람의 실패를 흥미롭게 바라본다.
젊은 시절의 실패는 곧 성공의 바탕이 되기 때문이다.
실패를 보고 물러설 것인가, 다시 일어설 것인가,
이 두 가지 길이 있는데 이 순간에 성공이 결정된다.
- 몰트케 -

모방은 창조의 어머니라고 했다.

하지만 처음부터 끝까지 늘 모방만 하라고 하지는 않았다.

지금 굴지의 글로벌 기업이 된 회사도 남의 기업을 벤치
마킹 (Bench Marking)했다.

하지만 그들이 늘 벤치마킹만 하지는 않는다.

또 단순한 모방이 아닌 창조가 곁들여진 벤치마킹을 즐
긴다.

성공한 유명인을, 화려한 무대의 스타들을, 막연히 흉내

내기에 빠져 살지 마라.

당신은 복제된 한 인간이기를 원하는가?

개성이 없는 복제된 인간은 생명력이 없다.

특별한 자기만의 개성이 없다.

창의력이 없는 그저 단순한 복제품일 뿐이다.

21세기 성공형 인재는 창의력을 절대적으로 필요로 한다.

하드웨어는 이미 다 갖추어진 시대다.

이제부터는 소프트웨어의 차별화만이 중요한 시대다.

모방의 주역이 되기보다는 창조를 리드하는 사람이 되어
라.

41
인맥이 재산이다

네 자신의 마음속에 최선을 다해 찾아보라.
왜냐하면 인생의 모든 문제는 바로 거기에서 나오기 때문이다.
– 잠언 –

'사람이 곧 재산이다'고 했다.

머리가 우수하다고 해서, 돈이 많다고 해서, 일을 많이 한다고 해서, 성공을 거머쥐는 사람은 극히 드물다.

사람에겐 사람이 필요하다.

성공하는 모든 인물의 주변에는 그를 성공시킨 수많은 사람들이 있다.

대통령이 만들어지기까지는 수많은 지지자와 유능한 참모들, 그리고 메이크업에서 화술까지 그를 다듬어 주는 수

많은 사람들이 있다.

혼자서 모든 일에서 일등이 될 수 있다고 자부하지 마라.

자신의 가족부터 직장 동료, 주변 사람들, 마을 사람들까지 모두가 당신의 소중한 사람들로 감싸 안아야만이 당신의 성공은 한 발 더 가까이 와닿는다.

심지어는 당신의 회사 앞에서 구걸하는 걸인까지도 당신의 뜻에 갈채를 보낼 정도가 되어야 한다.

돈보다는 사람을 소중히 여기고, 교만함과 오만함을 버리고, 당신의 적을 최대한으로 줄일 때 당신의 성공은 이루어질 것이다.

42
근본 자체가
악한 사람은 없다

사랑은 전세계와 우주를 조화와 평화 속에서 계속 움직이게 하는 결합력이다.
사랑은 모든 사람에 대한 선의이다. 사랑의 비극이란 없다.
단지 사랑이 없는 곳에서만 비극이 있다.
— 시몬데스카 —

　살인을 저지른 범죄자라고 할지라도 한없이 사랑을 퍼주는 어머니의 가슴 앞에서는 눈물을 흘리고 철없고 순수한 자식일 뿐이다.

　피로 물들이며 죽고 죽이는 그런 싸움에 익숙했던 전쟁의 영웅 나폴레옹마저도 따뜻한 애정을 지닌 여인 앞에서는 여인의 치마폭에 안기는 그저 평범하고 애정 많은 남자일 뿐이다.

　이 세상 그 누구도 악한 자는 없다.

날 때부터 죄를 지을 각오를 하고 살아온 사람은 없다.

자신을 사랑하는 사람, 한없이 주는 사람에게 해를 끼치는 사람은 없다.

악한 사람은 그 사람의 환경이 그를 악하게 만들었을 뿐이다.

사람을 죽이고 싸움을 하고 나쁜 짓을 했다 할지라도 그 사람을 영원히 미워하고 밖으로 내몰지 말아라.

순간적인 행동과 언행으로 큰 죄를 저지른 사람일지라도 그의 마음이 열릴 때까지 사랑으로 감싸 주고 변함없는 미소로 대해 주어라.

죄가 있다면 그사람을 죄인으로 내몰았던 환경 그것뿐이다.

43
자신 스스로를
존중해라

남에게 의지하면 실망하는 수가 많다. 새는 자기의 날개로 날고 있다.
따라서 사람도 스스로 자기의 날개로 날아야 한다.
– 르낭 –

한 친구는 늘 이렇게 말했다.

"나는 가난한 나무꾼일 뿐이야."

그러나 다른 한 친구는 달랐다.

"나는 과거에 급제하여 궁 안으로 들어갈 거야."라고.

사람들은 비웃었다. 돈도 없고 친척 중 유명한 사람도 없
는 시골 소년 주제에 궁으로 들어가 관리가 되겠다는 말이
야말로 너무도 터무니 없어 보였다.

하지만 후자는 부잣집의 수양아들이 된 후에 공부를 열심

히 하여 과거시험에서 급제했고, 그로 인하여 궁 안에 들어
가 역사를 편찬하는 일을 했다고 한다.

자기 자신마저도 자신을 존중하지 않으면 남들이야 더더
욱 그를 존중해 주지 않을 일이다.

희망을 꿈꾸는 사람은 자신을 존중하고 자신을 타이르며,
자신의 인생을 개척해 나간다.

많은 이들 앞에서는 자신의 태도를 낮출지언정 가슴속의
꿈과 야망까지 낮추지는 않는다.

살아가는 동안 자기 자신을 존중해라.

부족한 점이 있어도, 얼굴이 못났어도, 가진 돈이 없어도
먼저 자기 자신을 존중하고, 존중하는 만큼 노력하고 다스
려라.

자신을 쓸모 없는, 능력 없는 한 인간으로 치부하면 결국
자신을 버리게 되는 일이며, 희망을 잃는 일이 되어 버린다.

44
명품 브랜드에
현혹되지 마라

세상에서 가장 불쌍한 사람은 시력은 있으나 비전이 없는 사람이다.
− 헬렌 켈러 −

백만 원짜리 시계, 이백만 원짜리 핸드백, 백만 원짜리 구두, 명품에 빠진 사람들에게 그것은 곧 명예이고 자존심이다.

즐겨 갖고 다니던 명품이 어느 날 갑자기 사라지면 그의 삶은 무너지기 시작한다.

친구에게 자랑을 하고 연인의 눈을 유혹하던 명품이 사라지는 날 명품족에겐 곧 희망이 사라진다.

명품에 빠진 사람들은 불쌍하다.

아니 너무도 안타까워 그들의 허황된 가슴에 찬물을 끼얹어서라도 정신 차리게 하고 싶다.

언제까지 인생을 쇼로 착각하고 살 것인가?

언제까지 자기 착각에 빠져 나르시즘에 젖어 살 것인가?

백만 원짜리 명품 시계 대신 십만 원짜리 대중적인 시계를 차고 차라리 그 나머지 돈으로 지금 못 먹고 병들어 쓰러져가는 어려운 이들을 도와라.

인생은 연극이 아니다.

인생은 패션쇼가 아니다.

인생은 사뭇 진지하고, 인생은 현실적이어야 하며, 인생은 나눔의 철학에 기반을 두어야 한다.

사치와 낭비란 인생을

병들게 하는 악마적인 요인들이다.

　마음속으로부터 명품의 유혹을 떨쳐 버려라.

　분에 넘치는 쇼를 위해 인생을 낭비하는 일은 참으로 바보 같은 짓이라는 것을 깨달아라.

Part 3

기적은 우리 안에서
일어난다.
당장 꿈을 꾸자.

모든 것은 꿈에서 시작된다. 꿈 없이 가능한 일은 없다. 먼저 꿈을 가져라.
오랫동안 꿈을 그리는 사람은 마침내 그 꿈을 닮아간다.
우리 모두 리얼리스트가 되자. 그러나 가슴속엔 불가능한 꿈을 가지자.

- 체 게바라 -

45
메모하는
습관을 가져라

습관은 나무 껍질에 새겨놓은 문자 같아서 그 나무가 자라남에 따라 확대된다.
− 새뮤얼 스마일스 −

성공하는 사람들의 수첩은 무언가가 **빼곡히** 기록되어 있다.

그들은 차를 타고 가다가, 길을 걷다가, 누군가의 강의를 듣다가, 또 때로는 차 한 잔을 마시는 명상 속에서도 보고 듣고 떠오르는 모든 것들을 메모한다.

성공은 99% 노력과 1%의 영감으로 이루어진다.

그들의 메모는 성공을 위한 거름 같은 것들이다.

천재도 메모 잘 하는 사람을 능가하지는 못한다.

어떤 사실을 오랫동안 기억하기 위해서는 17초 후에도 그것이 다시 기억이 나야만 된다.

처음 보는 단어를 평생 기억하려면 64번 기억을 떠올려야 한다.

메모하는 습관을 지녀라.

습관을 위해서는 늘 수첩과 펜을 갖고 다녀라.

가방이든 점퍼 주머니에든 그것들은 늘 소지하고 있어야 한다.

당신의 머리만 믿고 메모를 소홀히 한다면 그것은 엄청난 실수를 저지르는 일이 된다.

46
늘 감사하는
마음으로 살아라

감사는 최고의 항암제요, 해독제요, 방부제다.
— 존 헨리 —

우리가 지금 좋은 환경에서 풍요롭게 살 수 있는 것은 우리를 위해 희생을 감수하신 부모님들이 있기 때문이다. 자신의 안위보다 자식들의 미래를 더 걱정하셨던 부모님들의 희생이 없었다면 우리는 지금의 삶을 누릴 수 없었을 것이다.

우리가 지금 외로움과 고독으로부터 자유로울 수 있는 것은 우리를 지켜 주고 생각하고 사랑해 주는 가족이 있기 때문이다.

우리가 지금 열심히 일하고 즐겁게 살아갈 수 있는 것은 늘 함께 일하고 힘들 때 용기를 주고 미소지어 주는 우리들의 동료와 직장이 있기 때문이다.

조상에게, 가족에게, 동료에게, 이웃에게 늘 감사하는 마음으로 살아라.

감사하고 또 감사해라.

지금 우리가 살아가는 것은 우리만의 힘으로 살아가는 것이 결코 아니라는 사실을 인정해라.

47
상대에게
자신을 맞추어라

겸손할 줄 모르는 자가 성공한 것을 본 적이 있는가.
겸손은 인생에서 성공하기 위한 첫 번째 열쇠이다.
― 실러 ―

국내 최초로 유엔 사무총장이 된 반기문.

지식과 인품을 고루 갖춘 글로벌 리더로 불리는 그를 아는 사람들이 자주 하는 말 중 하나는 그의 타인에 대한 배려다.

그는 누구와 말하든지 늘 상대에게 자신을 맞추는 편이라고 한다.

그는 영어를 잘 하기로 소문난 사람이다. 본래 학창 시절부터 공부는 잘 했지만 특히 영어 실력은 매우 뛰어나 1962년 고등학교 시절 비스타 장학생으로 선발되어 (전국 고교생

4명 중 한 명) 미국을 다녀왔을 정도다.

게다가 외교관으로 활동을 했고 외무부 장관까지 지냈으니 영어 실력이 유창한 것은 두말할나위가 없다.

하지만 그를 더욱 훌륭한 인물로 평가하는 이유 중 하나는 바로 그 영어를 함부로 사용하지 않는다는 것이다.

반 총장의 초등학교 동창 중 한 사람은 이런 말을 했다.

"그 친구는 단 한 번도 친구들과 대화 할 때 그 흔한 '오우케이(OK)'나 '땡큐(Thank you)' 같은 영어 한 마디 입 밖으로 내보내는 법이 없다. 그만큼 자신을 낮추고 상대방과 동등한 관계와 대화를 좋아한다. 자신을 내세우거나 잘난 척하는 법이 없다. 우리 같은 사람들도 어쩌다 말을 하다 보면 특별한 의미없이 영어를 남발하는 경우가 종종 있다. 하지만 그는 달랐다."고.

우리는 평소 자주 사용하는 언어가 무의식중에 튀어나오는 경험을 하곤 한다. 때문에 실수 아닌 실수를 하게 된다. 외교관 생활로 영어가 곧 생활 언어였던 그지만 친구들이나 선후배들 앞에서는 영어 한 마디도 하지 않을 만큼 그는 자기 관리에 철저했던 것이다. 특히 무의식적으로 내놓는 영어 한 마디가 자칫하면 상대의 가슴에 상처를 주거나 상대에게 거만하거나 잘난 척하는 사람쯤으로 보여질 수도 있는 염려를 그는 아예 스스로 완벽하게 차단시킨 셈이다.

살다 보면 자신보다 학력이 낮거나 아주 가난하다거나 또 나이가 어린 사람도 만나게 되며, 또 때로는 남들이 가볍게 여기는 힘든 직종의 일에 종사하는 사람들도 만나게 된다. 그럴 때마다 가능한 한 상대의 눈높이에 맞춰 대화를 하고 자신의 자세를 낮춘다면 상대는 매우 만족해 하고 즐거워한다. 자신을 조금 낮춘 자세로 겸손을 실천하는 것 그것은 바로 상대에게 자신을 낮추는 아름다운 일이다.

오만하고 거만한 사람 주변에는 그를 눈치 보며 형식적으로 가까이 하는 이들이 있을 뿐, 진심으로 그가 좋아서 곁에 머물거나 따르는 사람이 없다. 겸손이 없는 오만과 거만함은 상대로 하여금 불쾌하게 하고 적대감을 느끼게 한다. 그리고 가까이 하기엔 너무 먼 사람으로 여기게 만든다. 그러니 누구든지 오만하고 거만해지는 순간부터 자신의 주변 세계로부터 외로운 '왕따'가 되는 것이다.

내가 잘 알고 있어도 상대가 잘 모른다면 함부로 말하지 마라. 그것이 상대의 자존심을 망가뜨리는 일일 때는.

내가 많이 가졌어도 상대가 가난하다면 함부로 자랑하지

마라. 그것이 상대의 가슴을 더욱 초라하게 만드는 일일 때는.

사람들은 겸손한 사람에게, 자신의 눈높이에 맞춰 주는 사람에게, 인간의 정을 느끼고 그의 측근이 되고 싶어 한다.

어떤 조직의 리더나 사회적 지위와 명예를 가진 사람일수록 이것은 매우 중요한 것이다.

48
의심보다
무서운 병은 없다

사람을 믿는다는 것은 사람이 반드시 모두 성실하지 못하더라도
자기만은 홀로 성실하기 때문이며, 사람을 의심하는 것은
사람이 반드시 모두 속이지 않더라도 자기가 먼저 스스로를 속이기 때문이니라.
– 채근담 –

사실이 아닌 추측이나 생각으로 판단하지 마라.

의심은 의심을 낳는다.

의심이 지나치면 일을 그르치며 너무 지나치면 병이 되어
사람을 잃게 된다.

의심은 가까운 사람들에게 더욱 큰 상처가 되고 그들로부
터 서서히 멀어지게 만든다.

친구를, 연인을, 배우자를 무작정 믿어라.

믿지 못하는 마음은 자신에게는 치유되기 힘든 병을, 상

대에게는 아주 큰 상처를 남길 뿐이다.

믿지 못하는 마음이 커지면 세상을 바라보는 모든 시각이 불신 불만으로 이어진다.

의처증 환자를 보라.

의부증 환자를 보라.

그들의 의심은 가정을 깨트리고 사회를 무질서하게 만든다.

한순간의 불신과 오해는 의심이라는 종양을 만들어내고 그것이 커지면 결국에는 모든 일과 사람과의 관계가 의심으로 번질 뿐이다.

49
아끼고 또 아껴라

가지고 싶은 것은 사지 마라. 꼭 필요한 것만 사라.
작은 지출을 삼가하라. 작은 구멍이 거대한 배를 침몰시킨다.
– 프랭클린 –

어느 날 아내가 자기 핸드백, 아이 책, 남편의 셔츠 등 한 보따리 쇼핑을 하여 웃으면서 집으로 들어왔다.

남편은 갑자기 달라진 아내에게, "아이들 학원비도 부족하다면서 무슨 놈의 쇼핑은 그렇게 많이 했어."라고 질타식으로 말을 던진다.

그래도 아내의 얼굴은 연신 싱글 벙글이다.

아내를 즐겁게 해준 것, 반대로 남편의 퉁명스럽게 만든 것은 다름아닌 '아름다운 가게' 였다.

아내는 물건을 하나씩 꺼내며 말한다.

"핸드백 이천오백 원, 우리 아들 책 이천 원, 당신 티셔츠 삼천오백 원 총 8천 원 들었는데 이렇게 푸짐해졌다우."

누군가 젊은 여자들이 돈을 물 쓰듯 한다며 나무라기도 하지만 아직 우리 사는 세상에는 아끼며 사는 사람들이 더 많으며, 아껴서 살 때 작은 행복이 쌓이고 쌓인다는 것을 알아야 한다.

아내의 절약에 감동한 남편, 주말이면 산책하듯이 아름다운 가게를 찾아가는 마니아가 되었단다.

옷장을 정리하고 책장을 정리해라.

쓰지 않는 물건은 잘 모아서 아름다운 가게에 기부해라.

당신에게는 쓸모없는 물건일지라도 누군가는 그것을 아주 요긴하게 사용하게 될 것이다.

50
아이들과 대화해라

부모는 아이들에게 자신들의 희망을 억지로 떠맡겨서는 안 된다.
그것이 실패의 원인이다. 부모의 희망과는 다른 희망을 표시했다 하더라도
부모는 반대하지 말아야 한다. 찬성하고 반대하고에 따라 그 결과는 큰 차이가
있다. 찬성해 주면 자식은 용기를 얻을 것이며, 반대한다면 위축될 것이다.

– 로렌스 굴드 –

착한 일을 하면 하느님이 선물을 내려 주시고, 보름달 속
에는 토끼가 절구질을 하고, 착한 외계인과 대화를 나눌 수
있다고 믿는 순수한 아이들과 대화를 해라.

1 더하기 1은 2라는 것, 밥은 하루 세 끼 먹고, 양치질도
하루 세 번 해야 한다는 것.

그런 것들을 철칙으로 생각하는 아이들과 대화를 즐겨라.

사람은 나이가 들면서 어느 사이엔가 자신도 모르게 얼마
나 소중한 순수를 잃어버리는지, 얼마나 현실적인 인간으로

바뀌는지 깨닫지 못한 채 시간을 보내고 있다.

아이들의 해맑은 눈동자와 거짓없는 진실 앞에서 우리는 세상을 아름답게 보는 눈을 다시 찾을 수가 있다.

아이들은 있는 사실 그대로만 바라본다.

아이들은 들은 사실 그대로만 이야기한다.

아이들은 돈을 부풀릴 줄도 모르고 물건 값을 깎지도 않는다.

아이들은 교과서에서 배운 그대로 말하고 행동한다.

이런 아이들의 순수함에 잠시라도 취해 본다면 세상을 좀 더 아름답고 진실되게 살아가는 방법을 알게 된다.

51
상대의 장점을 말해라

나의 삶에서 무슨 일이 닥치느냐 하는 것은 10%일 뿐이고,
나머지 90%는 내가 거기에 어떻게 대응을 하느냐 하는 것임을 나는 확신한다.
우리가 어떠한 태도를 취하느냐 하는 것은 전적으로 우리 자신의 책임이다.
– 찰스 스윈돌 –

화술의 달인들은 말한다.

처음 만나는 사람과 가까워지려면 상대를 무작정 추켜 세
우기보다는 상대의 장점을 파악하여 그것에 대해 말하라고
한다.

이 세상 모든 사람들은 자신의 장점에 대해 다른 사람이
말하는 것을 결코 싫어하지 않는다. 또한 다른 분야에 대해
서는 말을 아껴도 자신이 잘 하는 분야, 관심 있는 분야에
대해서는 자연스럽게 말을 쏟아놓기 마련이다. 때문에 한결

대화를 이어가기가 좋은 것이 장점이다.

좋은 얘기만 해도 부족할 판에 상대가 듣기 싫어하는 얘기, 상대와는 전혀 무관한 얘기를 늘어놓는다면 그것을 좋아할 리가 없다.

특히 사람을 만나는 일을 하는 사람이라면 이는 더더욱 중요하다.

상대가 나의 장점을 얘기하면 아무리 말하기 싫어도, 아무리 일이 바빠도 상대의 말을 무시할 수가 없다.

비즈니스든, 인관 관계든, 사랑이든 모든 것은 대화에서 시작된다.

남자들이 마음에 드는 여성과 사귀고 싶어 할 때 가장 처음으로 사용하는 방법은 상대를 추켜세워 주는 것이다. 이 세상 어느 여성이든 자신이 아름답고 성격 좋고 능력있어 보인다고 하는 말을 싫어할 사람은 없기 때문이다. 그렇다고 바람둥이들처럼 지나치게 추켜세우라는 것은 아니다.

또 사실과는 전혀 다른 것을 장점이라고 떠들어대라는 것도 아니다. 진실한 마음으로, 매너있는 태도로 상대의 장점에 대해 편안하게 말한다면 상대를 내 사람으로 끌어들이기가 한결 수월할 것이다.

52
늘 좋은 일만 생각해라

동기 부여에 의욕이 더해지고 자신의 일에 믿음을 가진다면
의외로 쉽게 꿈을 이룰 수 있다.
– 리처드 파크 코독 –

서울에서 위성도시로 장거리 택시 운행을 주로 하는 어떤 택시기사는 늘 이렇게 호언장담 했다.

"나는 정확하게 삼십분이면 손님을 그곳에 모셔다드릴 수 있어. 아무리 차가 막혀도 나는 할 수 있어. 내가 삼십분 안에 못 가면 차라리 죽는다 죽어."

결국 그 택시기사는 어느 눈 오는 날 자신이 장담했던 30분을 맞추기 위해 과속 운전을 하다가 교통사고로 죽고 말았다.

그 누구도 그의 죽음을 위대하거나 아름답게 여기지 않을 것이다.

인생사는 마음 먹기에 달려 있다.

왜 죽을 작정을 하고 늘 과속을 즐기는가? 그렇게까지 해야 할 가치가 있는가? 의미없는 일이고 부질없는 일이다.

늘 좋은 생각만 하면서 최선을 다하여 사는 사람에게는 좋은 일이 나타나기 마련이다.

스스로 마음속에 긍정의 마인드를 심어야 한다.

"나는 이렇게 열심히 노력하니까 이 년 후에는 집을 살 수 있을 거다."

"나는 이번 시험에서 반드시 합격을 할 거다."

"우리 가족은 힘든 일이 있어도 서로 의지하며 열심히 잘 극복해 낼 것이다."

늘 이렇게 긍정적인 마인드를 갖고 있으면 자신의 행동 역시 긍정적으로 이어져 적극적인 태도로 바뀌고 그 결과는 좋아질 수밖에 없는 것이다.

부정적인 사고는 부정적인 결과를 초래하기 마련이다.

긍정의 세계에 빠져 살면 모든 것이 아름답고 모든 것이 좋게 보인다.

53
칭찬은
식물도 좋아한다

진실로 찬양의 말은 친절과 애정어린 행위와 마찬가지로
자녀들을 따뜻하게 하며 합당한 생활을 하게 하는 데 필요하다.
자녀들을 향한 현명한 칭찬은 꽃과 태양의 관계와 같다.
— 크리스찬 네스텔 보비 —

월리엄 셰익스피어는 말했다.

"말없이 죽어가고 있는 자의 선한 행위는 그를 시중드는 많은 사람들의 질투하던 마음을 깨끗이 없애 준다. 칭찬은 행위의 삯이다."

사람들은 누구나 칭찬받기를 좋아한다. 칭찬에 화내는 이는 단 한 사람도 없다.

칭찬은 받는 사람도 즐겁고, 하는 사람도 즐거우며, 그것을 지켜보는 제3자도 즐거운 일이다.

칭찬은 사람을 즐겁게 하여 그로 인해 엔돌핀이 생겨나게 한다.

결국 칭찬은 더 좋은 결과를 이끌어 주는 아주 쓸 만한 자극제가 된다.

칭찬은 제한이 없다. 하면 할수록 좋다.

칭찬을 하려면 웃으면서 즐겁게 해라.

칭찬받을 만한 어떤 일을 했는지 구체적으로 말하면서 해라.

즐거운 일이기에 이왕이면 공개적으로 해라. 그리고 스킨십을 사용해라.

사람만이 칭찬을 좋아할까.

식물도 칭찬을 해주면 달라진다.

새싹이 나왔을 때, 꽃이 피었을 때, 열매가 커졌을 때, 물을 주면서 칭찬을 해주어라.

잎은 더 싱싱해지고 열매는 더 탐스럽게 자란다.

햇살을 받은 식물의 잎과 가지를 보면 행복한 사람의 얼굴처럼 평화롭게 빛난다.

54
남의 재물을 탐내지 마라

희망이 없으면 절약도 없다. 우리가 절약하고 아끼는 이유는 무엇인가.
미래를 위해서이다. 미래가 없다면 되는 대로 살아갈 것이다.
미래의 건설을 위해서 한 푼이라도 절약하자.
절약하는 마음 밭에 희망이 찾아온다. 절약과 희망은 연인 사이니까.
- 처칠 -

금전과 물욕에 빠진 사람은 남의 재물에 욕심을 낸다.

고급 승용차, 번쩍이는 보석, 비싼 브랜드 옷, 이런 것들을 욕심내는 사람들은 남이 가진 물건에도 욕심을 낸다.

욕심이 지나치면 자신의 마음을 다스리지 못해 결국에는 뜻하지 않은 충동적인 죄를 지지르게 된다.

이 세상 모든 사람들이 다 똑같은 모습으로 살아갈 수는 없다.

저마다 환경이 다르고 직업도 다르고 경제적 수준도 다

르다.

남이 갖고 있는 것에 대해 내가 갖지 못한 것에 대한 불만을 갖지 말아라.

내가 지닌 재물이 소중하듯이 모두에게 자신의 재물은 소중한 법이다.

남의 소중한 재물을 탐내지도 부러워하지도 마라.

내가 가진 것을 아껴 쓰고 소중히 여기는 것이 진정한 부자가 되는 길이다.

강도, 살인, 강간.

이런 흉악한 범죄들은 물욕에서 비롯된다.

남의 것을 내 것으로 만들고자 하는 욕망은 자신의 삶을 파멸로 이끌 뿐이다.

55
담배 꽁초 하나라도
무심코 버리지 마라

지구상의 생물들 중 어느 한 종을 잃는다는 것은
비행기 날개에 달린 나사못을 빼는 것과 같다.
– 폴 에를리히 –

'지구의 종말', '환경 오염' 같은 거창한 말을 내세우지 않더라도 우리는 환경이 우리에게 얼마나 소중한 지에 대해 이미 잘 알고 있다.

환경 오염은 지구의 대재앙을 불러오고, 자원의 고갈을 부추기고 있다.

환경을 보호하고 환경 지키기를 실천하는 것은 너무도 중요한 일이며, 그것은 우리는 물론이고 우리 다음 세대를 위해 반드시 필요한 일이다.

쉽게 썩지 않는 담배 꽁초 하나 버리는 것도 환경을 위해서는 매우 좋지 않은 일이다.

종이 한 장을 알뜰하게 재활용하지 않는 것은 자원 고갈과 환경 파괴 두 가지 문제를 동시에 불러온다.

지금 당장 나 한 사람 편하기 위해 환경과는 담쌓고 살아간다면 그에 대한 죄의 대가는 반드시 재앙으로 다가올 것이다.

유치원생만 되어도 환경의 중요성은 너무나 잘 알고 있다.

문제는 실천으로 옮기지 않는 어른들이다.

자식들에게, 후세들에게 좋은 환경을 물려 주고 싶다면 지금 당장부터 쓰레기 함부로 버리지 말고 재활용을 실천해라.

56

워크홀릭(workholic)에서 벗어나라

여행을 떠날 각오가 되어 있는 자만이 자기를 묶고 있는 속박에서 벗어나리라.
- 헤르만 헤세 -

심리학자 하리쉬 셰티는, "워크홀릭들은 대부분 젊고 미혼이며 가족과 친구를 멀리하는 경향이 있다."며, "이들은 가정보다 사무실에 애착을 가지기 때문에 여가 시간도 사무실에서 보낸다."고 말했다.

일을 열심히 하는 것은 당연히 필요한 일이지만 일 속에 파묻혀 여가 시간을 즐기지도 못하고 가정에 소홀해진다면 그것은 일로 인해 삶의 질이 향상되는 것이 아니라 오히려 일로 인해 삶의 균형이 깨지는 것을 뜻한다.

    일에 빠져 사는 사람들은 하루 18시간 정도를 일하면서 스스로 만족을 느낀다.

    하지만 그의 건강, 여가 생활, 친구들과의 만남 등은 어느 하나 정상적으로 이끌어지는 것이 없다.

    이쯤 되면 일이 곧 그 자신의 삶을 혹사시키고 성공을 더디게 만든다.

    젊은 시절 열정적으로 일하는 것은 바람직한 일이다.

    하지만 일과 나머지 생활에 대한 시간 분배를 잘 하는 것은 더욱 필요한 일이다.

    일을 이끌어가는 삶이 아니라 일에 지배당하는 삶은 결코 아름답지 못하다.

57
"내 탓이오."라고
외쳐라

적과 서로 마음의 갈등으로 시간을 낭비하느니
한 번 속시원하게 웃는 게 더 친밀한 교감을 준다.
– 윌리엄 제임스 –

'안 되면 조상 탓'이라는 말이 있다.

적지 않은 사람들이 자신이 하는 일이 잘 풀리지 않거나 힘들면 먼저 남의 탓을 한다.

"나는 능력이 있는데 일이 뜻대로 안 된다."

"상대로 인해 내가 피해를 보는 것 같다."

"세상이 나를 힘들게 한다."

왜 나는 하나도 잘못한 것이 없이 완벽하고, 타인은 부족한 게 많고 피해만 주는 존재로 여기는가?

자기 자신을 반성할 줄 모르는 사람들은 늘 남의 탓만 하며 살아간다.

남의 탓 많이 하는 사람 치고 잘 되는 사람이 드물다.

남의 탓만 하다 보면 자기 반성이 없어서 자기 발전도 없기 때문이다.

열심히 했는데도 일이 제대로 안 풀리고 생각지도 않았던 사고가 발생하더라도 먼저 자기 자신을 되돌아 보아라.

자신이 한 일에 대해 다시 한 번 꼼꼼히 따져보고 행여 문제점이나 부족함은 없었는지 확인해 보아라.

조금의 잘못이 없었다 할지라도 자신이 운이 없어서 그런 거라고 여겨라.

남의 탓을 하는 건 아주 소모적인 일이며, 자신 스스로를 더욱더 부족한 사람으로 만드는 일이다.

58
일의 우선 순위를 정해라

대부분의 일은 그 자체로는 불가능한 일처럼 보인다.
하지만 관점만 바꾸면 가능한 일이 될 수 있다.
— 한니발 —

갑자기 할 일이 많아진데다 무언가 꼬인 듯한 상황이다.
해결 방법을 찾기가 어렵다.
이쯤 되면 머리가 아프기 마련이다.
성격 급한 사람일수록 이 같은 상황은 더욱 참기 어렵다.
곧장 스트레스로 이어져 일에 대한 불만, 상사와 회사에
대한 불만이 터져 나온다.
"정말 짜증 나 죽겠어. 차라리 이놈의 직장 때려 치든지
해야지."

직장인이든 프리랜서든 일을 하다 보면 할 일이 너무 많아 무엇을 먼저 해야 할지 어떻게 다 문제없이 처리할지 머리가 아파올 때가 있다.

어쩌다 한 번이 아니라 살아가면서 자주 부딪히게 된다.

중요한 것은 자신의 일을 풀어나갈 사람은 오로지 자신뿐이라는 것이다.

짜증을 낸다고 해서 해결될 일도 아니고, 스트레스를 받으며 고민을 할 일도 아니다.

갈등과 짜증, 그리고 불만을 오랫동안 갖게 되면 결과적으로는 자신만 손해다.

몸은 하나인데 여러 가지 일이 줄을 서 있다.

그렇다면 일의 우선 순위를 정하고 가치 있는 일을 먼저 처리하는 것이 중요하다.

여러 가지 일 중에서도 가장 중요하면서도 급한 일을 1순위 수행 과제로 정한 후 나머지 일들에도 순위를 매겨야 한다.

여섯 가지라면 1번부터 6번까지 순위를 정하라.

급한 것부터 하나둘씩 해결하다 보면 일에서의 무게감은 조금씩 줄어든다.

혹자는 마음이 조급해진 나머지 몇 가지 일을 동시에 진행해 나가게 된다.

어느 것 하나도 제대로 마무리를 짓지 못한 채 시간만 지체된다.

일의 우선 순위를 정하라.

한 가지 일을 끝낼 때마다 얻게 되는 자신감과 만족감은 다음 일마저도 즐거운 마음으로 완성도 높게 처리할 수 있게 하는 원동력이 된다.

59
고민거리는
빨리 정리할수록 좋다

먼 곳을 항해하는 배가 풍파 없이 조용히 나아갈 순 없다.

– 니체 –

늘 즐겁게 웃으며 사는 사람이 있는가 하면 언제 보아도 고민이나 걱정거리가 잔뜩 있는 얼굴로 살아가는 사람들이 있다. 그렇다면 전자는 고민이나 걱정거리가 전혀 없는 것일까?

마음의 고민거리가 없는 사람은 이 세상에 단 한 사람도 없다.

부자는 부자 나름대로의 고민거리가 있고, 스크린에서 화려한 모습을 보이는 유명 여배우도, 존경받는 유명 학자도

다 제각각 그 나름대로의 걱정과 고민이 있기 마련이다.

삶이란 자신이 생각하는 대로 뜻대로만 이끌어지는 것이 아니기에 사람들은 늘 고민과 걱정거리를 안고 산다.

그 무게가 무겁고 가벼움의 차이는 있겠지만 특정인이라고 해서 고민거리 없이 살아갈 수는 없다.

중요한 것은 '고민을 안고 살아가는가?' 와 '고민을 그 때 그 때 정리하며 살아가는가?' 의 차이다.

고민거리가 늘 머릿속에 존재한다면 그는 잘못된 또 하나의 습관을 갖고 있는 것이다.

식사를 할 때도, 친구를 만날 때도, 일을 할 때도 늘 그 고민으로부터 자유롭지 못하기 때문에 모든 것에서의 결과가 좋게 나타날 수가 없다.

이 같은 고민 상태가 너무 오랫동안 지속되다 보면 소화불량이나 두통, 무기력증 등의 증세가 나타나 육체적인 병으로 이어지기도 한다. 그런가 하면 심지어는 자살로 이어지기도 한다.

고민은 누구에게나 살아가는 동안 짊어져야 할 최소한의 짐 같은 것이다.

그 짐이 너무 무거울 때는 가족이나 친구 동료들과 함께 나누어지고 갈 수도 있고, 고민해야 할 가치가 그다지 없다면 아예 던져 버리고 무시해 버리는 것도 좋은 방법 중 하나다.

적어도 작은 것에 연연하다 더 큰 것을 잃는 일은 없어야 하기 때문이다.

60
느림의 철학을 즐겨라

당신이 하기를 원하고 하려고 하는 의지가 있고 오랜 시간 동안
충분히 노력한다면, 그 일은 날마다 조금씩 함으로써 반드시 성취해 낼 수 있다.
– 월리엄 E. 홀 –

스페인의 바르셀로나에 있는 사그라다 파밀리아 성당
(Sagrada Familia)은 건축을 시작한 지 무려 130여 년의 세월
이 흘렀지만 아직도 건축은 완성되지 않은 상태다.

'바르셀로나 시민을 먹여 살리는 한 명의 영웅'으로 통할
만큼 전 세계인들을 바르셀로나로 몰려들게 하는 세계적인
건축가 가우디 이 코르네트(Antonio Gaudi y Cornet)의 작품
이다.

하지만 이 건물은 아직도 100년을 더 지어야만 완성이 된

다고 한다.

고층 빌딩도 마음만 먹으면 순식간에 뚝딱 지어놓는 우리와는 너무도 다른 모습이다.

무엇이든 '빨리빨리'를 외친다고 좋은 것만은 아니다.

신중을 기해야 하는 일은 그만큼 충분한 시간을 두고 서서히 해결해 가야만 실수나 오류가 생기지 않는 법이다.

우리나라 사람만 '빨리빨리 증후군'에 걸린 것은 아니다.

현대인들의 특징 중 하나일 수도 있다.

미국인들의 경우 줄을 서거나 전화로 통화 대기를 할 때 시간이 15분 이상 걸릴 것이라고 생각되면 기다림을 포기한다고 한다.

현대 사회의 메커니즘이 모든 분야에서 빠른 속도를 원하기 때문에 많은 사람들이 '빨리빨리 증후군'에 노출되어 있다.

아무리 젊고 세상이 바쁘게 돌아간다 할지라도 일에서 생활에서 심사숙고하여 결정을 내리고 행동할 수 있는 여유를 갖는 것은 매우 중요한 일이다.

때로는 느림의 철학을 받아들일 필요가 있는 것이다.

61
정보 입수는
빠를수록 좋다

책은 청년에게는 음식이 되고, 노인에게는 오락이 된다.
부자일 때는 지식이 되고, 고통스러울 때는 위안이 된다.
— 키케로 —

시대는 바야흐로 정보가 곧 무기인 시대다.

남보다 먼저 알아야 빨리 성공한다.

남보다 다양하게 알아야 가는 길이 훨씬 수월해진다.

이미 많은 사람들이 알고 있는 정보마저 모른다면 그 사람은 시대를 역행하는 사람이 된다.

국내 성공 벤처인으로 통하는 미래산업 정문술 전회장은 남들이 하지 않는 새로운 아이템으로 틈새 시장을 찾는 것이 바로 성공을 위한 첫 번째 관건인데, 이는 바로 세상을 남보다 한 발 앞서서 보는 눈이 있어야 한다고 말했다.

그 눈이란 것은 정보에 빠른 눈을 말한다.

세상 돌아가는 물정을 모르는 사람은 성공하기 힘든 게 예나 지금이나 매한가지다.

요즘 같은 초고속 정보통신이 존재하는 사회에서 정보에 느리다는 것은 다시 말해 그만큼 게으르다는 것을 의미한다.

인터넷에만 들어가도 우리가 알아야 할 웬만한 정보는 다 얻어낼 수 있다.

그 정보를 어떻게 활용하느냐에 따라서 정보의 위력이 빛을 발한다.

인터넷 들어가서 채팅이나 하고 사진이나 구경하는 당신이라면 이제부터는 인터넷 서핑의 진수를 배워야 한다.

가장 먼저 뉴스를 클릭하고, 뉴스에서 궁금한 전문 용어나 지식은 더 깊은 지식 센터로 들어가 궁금증을 해결해라.

지금 당장은 아닐지라도 앞으로 필요할 것 같은 정보는 별도의 정보 창고를 만들어 그곳에 유형별로 모아두어라.

바로 그것이 당신의 정보력을 이끌고 엄청난 재산이 될 수 있다.

62
일희일비(一喜一悲)
하지 마라

사람의 희망은 절망보다 강하고, 사람의 기쁨은 슬픔보다 강하며, 또한 영속적이다.
– 로버트 브리지스 –

새옹지마(塞翁之馬)라는 말이 있다.

변방 노인의 말이라는 뜻이다.

옛날 중국 변방에 한 노인이 말 한 필을 갖고 있었는데 어느 날 그 말이 달아났다. 그 말은 다른 말 한 필을 데리고 돌아왔다. 노인의 아들이 그 말을 타다가 떨어져 다리가 부러지게 됐다. 그런데 전쟁이 나자 다리를 다친 아들은 전쟁터에 끌려가지 않아 화를 면할 수 있었다.

살다 보면 좋은 일만 반복될 수는 없다.

오히려 어려운 고비의 연속일 수 있다.

그 때마다 일희일비하면 장기적인 흐름과 배치되는 결과를 낳을 수 있다.

인생은 마라톤이라고 하지 않는가?

한 가지 일이 잘못 됐다고 인생 전체를 회의에 빠트릴 수는 없다.

더구나 초고속 정보화 사회에서 흐름은 쉽게 변한다.

의욕적으로 추진한 일의 결과가 예상에서 빗나가는 일은 허다하다.

전투에서 지더라도 전쟁에서는 이기는 전략이 필요하다.

이 같은 자세가 실패를 이겨낼 수 있다.

사소한 자극에 예민해지는 것도 경계해야 한다.

어떤 일을 추진하다 보면 예상치 않은 벽에 부딪치게 되는데, 그에 예민하게 대응하는 것은 자신이 없는 것처럼 보이게 할 수 있다.

실수도 마찬가지다.

일을 하지 않으면 부작용도 없다고 했다.

곁가지로 나타나는 현상에는 초연할 필요가 있다.

빈대 잡으려다 초가삼간 태우는 우를 범해서는 안 된다.

63
무엇을 남길 것인가를
생각하라

훌륭한 선장은 폭풍우를 만나도 무모하게 대항하는 어리석은 짓은 아니한다.
그렇다고 절망해서 풍랑 속에 배를 맡기지도 않는다.
최후의 순간까지 온 힘을 다하여 살길을 찾으려고 노력한다.
– 제임스 맥도널드 –

누구나 한 번 왔다 가는 인생을 살고 있다.

호랑이는 가죽을 남기고, 사람은 이름을 남긴다고 했다.

이름 석 자를 남기더라도 중요한 것은 어떤 이유로 이름 석 자를 남길 것인가이다.

포악했던 왕의 이름으로, 왕실을 뒤흔든 요부의 이름으로, 역사를 뒤흔든 반란과 사건의 주인공으로 남은 그들에게 후손들은 갈채를 보내지 않는다.

이미 썩어 없어진 그들의 육체 대신 그들의 영혼을 향해

'폭정을 일삼았던 사람', '지혜가 아닌 몸을 무기로 남성들의 눈요깃거리로 살아간 여인', ' 이간질을 즐기며 당파싸움의 앞잡이가 되어 소모성 싸움을 즐기던 인간', 이런 비난이 던져진다는 것은 슬픈 일이다.

불우한 이웃을 돕는 선행에 앞장서던 타고난 봉사자, 법 없이도 살 수 있을 만큼 깨끗하고 덕이 많았던 호인, 그 분야에서만큼은 타의 추종을 불허했을 만큼 뛰어난 재능을 가졌던 전문가, 수많은 후학을 길러내 인문학의 발전을 꾀했던 학자, 단 하나의 부끄러운 짓 하지 않고 청렴결백하게 세상을 살았던 공무원 등등…….

어느 한 가지만이라도 남다른 업적을 남긴다면 이름 석 자를 후세에게 아름답게 떳떳하게 남길 수 있을 것이다.

방법은 많다.

반드시 유명 정치인이나 철학가만이 이름 석 자를 남길 수 있는 것은 아니다.

단 한 번뿐인 인생, 의미없이 그렇게 쓸쓸하게 떠나고 싶지 않다면 지금 생각해 보라.

'나는 무엇을 남길 것인가'에 대해.

64
자신만의 색깔을 가져라

본래의 자신을 지키면서 자기 속에 타인의 존재를
조금도 인식하지 않는 사람이야말로 훌륭한 사람이다.
– 에머슨 –

언제 보아도 사람은 좋지만 그만의 개성이나 색깔이 없다.

남이 장에 가면 자신도 따라가고, 남이 편하게 놀면 자신도 따라서 쉰다.

착하다는 말은 듣지만, 성실하다는 말은 듣지만, 어느 한 가지 남다르다거나 어느 한 부분 남과 차별화된 장점이나 의지 때문에 타인들로부터 미래를 주목받지 못하는 편이다.

만일 당신이 이런 사람 중 한 사람이라면 자신에 대해 반문해라.

'나는 흘러가는 구름처럼 그렇게 내 인생을 세월에 맡길 것인가'

'나는 왜 다인들로부터 특별한 힘을 가진 사람으로 주목받지 못하는 걸까'

'지금 나에게 부족한 것은 무엇일까'

'나는 나의 잠재력을 제대로 발굴하여 활용하고 있는가'

이런 질문에 대한 자체 평가에서 문제점을 발견했다면 스스로의 스타일을 만들어라.

흉내나 모방이 아닌 자신만의 컬러를 찾아 그것으로 자신만의 확실한 캐릭터를 만들고 스타일을 구축해라.

밥도 죽도 아닌 성격, 귀가 얇아 남의 말에 쉽게 흔들리는 얄팍한 가슴, 목표가 없이 바람 부는 대로 사람들 움직이는 대로 휩쓸려 가는 나약한 의지력, 이런 것들은 과감히 버려야 한다.

당신의 인생에 도움이 되지 않을 뿐더러 당신만의 카리스마를 만들어 주지 못한다.

Part 4

도전하고 노력하는
자가 승리한다.
매일매일 새로 태어나라.

태양이 떠오르면 달려야 한다.
매일 아침 아프리카에서는 가젤이 잠에서 깨어난다.
가젤은 가장 빠른 사자보다도 더 빨리 달려야 한다.
그렇지 않으면 잡혀 먹힌다는 것을 알고 있다.
매일 아침 사자는 잠에서 깨어난다.
사자는 자기보다 빠른 가젤보다 더 빨리 달려야 한다.
그렇지 않으면 굶어 죽는다는 것을 알고 있다.
당신이 사자인지 가젤인지는 중요하지 않다.
다만 태양이 떠오르면 달려야 할 것이다.

- 아프리카 우화 -

65
돈이 전부는 아니다

돈만이 재산은 아니다. 지식도, 건강도, 재능도 재산이다.
그러나 의지는 다른 어떤 것보다도 큰 재산이다.

— 슈바프 —

갈수록 사회는 돈의 함정이 늘어만 가고 있다.

책 한 권보다는 돈이 돈을 낳는 행운을 거머쥐기 위해 복
권을 사는 이들이 늘고, 남이 돈을 벌었다는 어떤 방법을 알
게 되면 무작정 그것을 추종한다.

자본주의 사회는 돈의 함정을 수없이 많이 만들어낸다.

그로 인해 사회는 갈수록 냉정해지고 인문학과 철학의 가
치는 한없이 추락해만 가고 있다.

이제 세상에 태어난 지 1년 된 아이의 돌잔치에서 부모들

은 아이가 돌잡이로 돈을 쥐길 간절히 원한다. 공책과 연필을 손에 쥐길 희망하던 예전의 모습은 사라지고 간 데 없다.

아파트 시세, 잘 나가는 펀드, 신도시 땅값 등에 사람들의 관심은 빠져든다.

쉽게 돈을 불리는 법을 찾아 두 눈을 크게 뜬다.

언젠가부터 자신이 손가락질하던 사람들이 하는 투기를 자신 역시 즐기고 있다.

사람들은 자본주의의 함정 속으로 빠져들고 있으면서도 그것이 마치 정당한 것인양 착각하고 산다.

아이들에게 '성실하게 열심히 살아라' 라고 하는 부모들마저도 자신들은 '이렇게 해야 돈을 긁어모은다' 는 식의 삶으로 일관하고 있다.

사람이 사는 세상은 돈이 주체가 아니라 사람이 주체다.

잘 먹고 잘 사는 것은 좋은 일이지만 혼자만 잘 먹고 잘 사는 것은 환영받을 만한 일이 못 된다.

많이 벌어 부자가 되는 것은 좋은 일이지만 비정상적인 방법으로 돈을 버는 것은 존경받을 일이 못 된다.

돈은 살아가는 동안 돈 때문에 고통받지 않고 살 수 있을 만큼만 있으면 된다.

우리는 그 돈을 무덤으로 가져가지는 못한다.

이런 사실에 공감한다면 돈의 함정으로 빠져들지 않도록 스스로를 추스르는 것은 매우 중요한 일이다.

66
요요 현상을 피하라

인생을 가장 인생답게 인도하는 힘은 의지력이다.
기둥이 약하면 집이 흔들리는 것처럼 의지가 약하면 생활이 흔들린다.
− 에머슨 −

오랜 노력 끝에야 얻을 수 있는 결과물이 있다.

이를 테면 체중 감량과 같은 것들이다.

하지만 피땀으로 이뤄낸 결과물도 어느 시점에서는 과거의 일이 되고 만다. 더구나 계속된 노력이 뒤따르지 않았을 때 그 결과물의 원상 복구는 예상외로 빠르다.

체중 감량 후 운동을 하지 않았을 때 다시 살이 찌거나 더 많은 살이 붙는 요요 현상이 결코 체중 감량에만 해당되지는 않는다.

영어 공부를 생각해 보자.

많은 사람들이 중학교 입학 때부터 배우고 익힌 주어+동사의 문법을 사회인이 되어서도 공부한다.

대부분은 이렇다.

작심을 하고 공부를 하다 보면 교재의 절반 정도 진도가 나간다. 그러다 하루이틀 다른 일에 빠져 있다 보면 오늘은 쉬고 다음에 하자는 나태함에 익숙해진다. 그렇게 한 달이, 반 년이, 일 년이 쉬이 흘러간다. 그리고 또 새해를 맞으면 다시 공부에 의욕을 불태워 본다. 하지만 이미 진도가 나갔던 내용조차 가물가물하다. 다시 주어+동사 문법부터 해부가 시작된다.

공들여 달성한 결과물이 자신도 모르게 사라져 버리는 우를 범해서는 안 된다.

옛말에 일신우일신(日新又日新), 날마다 새롭게 하라고 했다.

날마다 새롭지는 못하더라도 애써 노력하기 전 과거로 회귀하는 일은 없어야 할 것이다.

내가 만든, 내 몸에 배인 가치 있는 것들을 곰곰이 생각해 보자.

67
논리적으로 좋은 목소리로
말해라

화술은 단순한 언어의 유희나 심리적인 마술이 아니라
상대와의 인간 관계의 조화를 실현시키기 위한 자기 표현의 기술이며, 연출이다.
— 홍서여 —

크게는 대통령 선거부터 지방의원 보궐선거, 주민소환 투표까지 선거를 치르는 일이 잦아졌다.

때문에 과거에 비해 연설을 들을 기회도 많아졌다.

경험이 쌓인 정치인들의 연설을 듣다 보면, 마치 대사를 외운 것처럼 끊이지 않는 달변과 적확한 단어의 선택에 놀라곤 한다.

게다가 유머는 기본인양 사람들을 사로잡는다.

갑자기 마이크를 들이대도 이러한 자질은 어김없이 작동

한다.

반면 처음 당직을 맡은 인사의 브리핑에는 어디인지 모르게 딱딱함이 묻어 나온다.

구호는 힘을 줄 곳과 힘을 주지 말아야 할 곳에서 꼬이기도 한다.

하지만 그도 수차례 브리핑을 반복하다 보면 내가 언제 그랬었냐는 듯 뛰어난 언변을 자랑하게 될 것이다.

화술은 정치인에게만 필요한 것이 아니다.

사업 설명, 제안 등에 파워포인트 사용이 일반화되면서 프리젠테이션만 잘 해도 먹고 산다는 공감대가 형성되고 있다.

역으로 프리젠테이션을 잘 못하면 점수가 깎일 수밖에 없다.

탁월한 연설 실력을 타고나지 않았다면, 잘 말하는 것은 연습을 통하는 방법밖에 없다.

논리적인 구조로, 좋은 목소리로 말하는 습관을 들여야 한다.

상황에 맞는 언어를 사용하고, 비속어를 사용하지 않는 것도 필요하다.

인터넷과 메신저가 생활이 되면서 인터넷 언어가 자연스럽게 표준어처럼 사용되고 있지만 격식을 갖춘 자리에서 인터넷 언어를 사용하는 것은 민망하다.

방송 토론 프로그램에서 시민 논객들의 발언을 듣다 보면 훈련이 되지 않은 사람이 논리 정연하게 말하는 것은 결코 쉬운 일이 아니라는 것을 알게 된다.

68
잘 들어야
토론이 성립된다

최고의 대화술은 듣는 것이다.
– 스테판 M. 폴란 –

사회 곳곳의 시스템이 상명하달 방식에서 쌍방향식 방식으로 전환이 되고 있는 시점이다.

덩달아 토론의 중요성도 날로 커지고 있다.

하지만 소위 지식인들조차 쉽게 토론을 망치곤 한다.

제도 개선을 위한 공청회나 세미나의 토론은 이해 관계가 크게 얽히지 않는 이상 좌장의 진행에 의해 순조롭게 진행되는 편이다.

좌장은 토론자의 순서를 정해 주고, 한 토론자가 발표하고 나면 세심하게 다시 설명해 주는 경우도 있다.

하지만 정치·사회적 이슈가 토론의 주제가 되면 사회자의 영역이 서지 않는 경우가 많다.

토론자가 상대 토론자가 말하는 중간에 끼어드는 것은 예사고 면박, 삿대질이 동원되기도 한다.

사회자가 제지해도 말을 끊지 않는 토론자도 찾아볼 수 있다.

이 같은 결과는 하늘이 뒤집어져도 나의 말만 옳고 상대방의 말은 그르다는 각오로 토론에 임하기 때문에 나온다.

그렇지만 토론은 정해진 답을 찾는 자리가 아니다.

힘의 논리에 의해서 답을 구하는 자리도 아니다.

여러 사람의 의견을 취합해서 발전된 답을 얻어내는 자리인 것이다.

때로는 여러 사람이 의견을 제시하고 판단은 제3자에게 맡겨 두는 자리가 된다.

즉, 올바른 토론이 되기 위해서는 다른 사람의 말을 듣는 것이 중요하다.

상대방에게 주어진 시간이 끝날 때까지 끼어들지 말아야 하는 것은 물론이다.

그 사람이 나의 의견과 같지 않다고 수시로 끼어드는 것이 막말과 삿대질을 가져온다.

한 사람이 충분히 말하고 그에 대한 반론이 있으면 그 때 반론 기회를 주는 토론 문화가 아직은 아쉽다.

69
기회를 놓치지 마라

현명한 사람은 기회를 찾지 않고, 기회를 창조한다.
– 프랜시스 베이컨 –

기회는 언제 찾아올지 어느 누구도 알 수 없다.

때문에 평소에 기량을 충분히 연마해야 한다.

기회가 눈앞에 왔을 때 실력이 충분치 않으면 적극적으로 그 기회를 잡는 데 주저하게 된다.

그렇지만 기량이 원하는 수준에 이르지 못했다고 하더라도 기회가 왔다고 생각했다면 일단 잡아두는 것이 중요하다.

기회가 분명한데도 자신의 실력을 한탄하며 먼 산 바라보듯 한다면 기회는 달아나버리고 만다.

판단은 기회를 제공한 측에 맡겨두면 된다.

기회가 왔다고 생각했다는 것은 그 일과 나의 조건이 대부분 일치하기 때문이다.

그럼에도 불구하고 선뜻 잡기를 주저하는 것은 한두 개 조건이 마음에 걸리기 때문일 것이다.

운이 좋다면 기회를 제공한 측에서 기회와 함께 그 일에 맞는 기량을 쌓을 수 있는 여건까지 함께 제공해 줄 수도 있을 것이다.

반대로 그 기회를 일단 보류하고 시간과 비용을 들여 그 조건을 맞추었을 때 기회가 그 때까지 기다린다는 보장은 없다.

똑같은 기회가 여러 번 찾아올 가능성도 많지 않다.

인생에는 세 번의 기회가 있다고 하지 않는가?

기회가 자신의 기량보다 다소 높은 곳에 있어 보일 때 과감하게 도전하는 자세가 당신을 예상치 못한 성공의 길로 안내할 수 있다.

70
피할 수 없으면
즐겨라

세상은 그대의 의지에 따라 그 모습이 변한다. 동일한 상황에서도
어떤 사람은 절망하고, 어떤 사람은 여유있는 마음으로 행복을 즐긴다.
– 그라시안 –

최근 직장인 3명 중 1명 꼴만이 회사 생활에 만족한다는
조사 결과가 있었다.

많은 회사에서 설날이나 추석 등 대명절만 되면 고향에
내려간 사원들이 돌아오지 않고 그대로 퇴사하는 경우가 많
다고 한다. 이런 일이 주기적으로 일어나는 것이 현실이라
면 사람들에게 일은 애증의 관계일 수밖에 없는 것으로 보
인다.

그렇지만 이직은 쉬운 일이 아니다.

구관이 명관이라는 말은 직장 생활에서도 통용되곤 한다.

절박한 심정에서가 아니라면 새로 직장을 옮겨봐야 크게
달라질 것이라고는 없다.

급여 면에서 보면, 많은 이직자들이 더 많이 벌면 더 많은 세금을 내고 더 많은 지출을 한다고 말한다. 전직은 더 험난하다.

쉬운 얘기로 창업이 거론되지만 창업으로 성공할 수 있는 확률은 그다지 높지 않다.

행여 창업에 성공했겠거니 생각할 무렵이면 바로 이웃에 더 큰 규모의 경쟁자가 등장해 코너에 몰리기 십상이다.

"피할 수 없으면 즐겨라"라고 하는 것은 상투적일 수 있다.

하지만 어려운 현실을 헤쳐나가는 데 이보다 더 좋은 방법은 없다.

자신의 일을 즐기다 보면 어느 새 오랜 경험이 당신을 채우고 있을 것이다.

원했든 원하지 않았든 새로운 기회가 찾아올 수도 있다.

어차피 피할 수 없다면 정면에서 맞서는 것밖에 도리가 없다.

71
자제력을 길러라

자기 자신과 싸우는 일이야말로 가장 어려운 싸움이며,
자기 자신에게 이기는 것이야말로 가장 놀라운 승리이다.
– 로가우 –

자제력을 잃은 열정은 그 열정이 지나쳐 화를 낳으며, 자제력을 잃은 욕망은 그것이 지나쳐 늘 문제를 만들어 낸다.

자제력을 잃은 화는 돌이킬 수 없는 무서운 죄를 만들기도 한다.

이 모든 게 자기 스스로를 절제하지 못하는 데서 비롯된다.

충동적인 기분이 들 때 조급함을 다스릴 수 있다면 어려운 일에 처했을 때 침착하게 맞설 수 있다.

그것이야말로 자제력이 발휘하는 힘이다.

우리는 인간이기에 스스로를 다스릴 수 있는 절제의 힘, 바로 자제력을 길러야 한다.

때때로 우리는 소매점에서 판매원에게 목청 높여 가며 불만을 토로하기도 한다.

직장에서 실수한 아래직원에게 잘못을 나무라고 하기도 하고, 식욕이 당겨서 너무 많은 음식을 먹게 되기도 한다.

아는 것이 많은 사람은 쉽게 만족하지 못한다.

그러나 지혜로운 사람은 조급함을 다스리며 성장한다.

조급함을 통제할 수 없는 사람은 스스로를 견뎌내는 힘을 길러야 한다.

참을성이 없어 화나는 대로 행동하고 말하고 나면 결국에는 자기 손해다.

지켜보는 사람들로부터 평판이 나빠지고 급하게 나온 언행은 상대에게 상처를 준다.

72
인스턴트 음식은
공짜도 먹지 마라

자연과 가까울수록 병은 멀어지고, 자연과 멀어질수록 병은 가까워진다.
― 괴테 ―

　성인병에 노출되는 것을 원치 않으면 인스턴트 식품 보기를 '살인 무기'(?)처럼 보라.

　바빠서 시간이 없다고 해서 인스턴트 식품으로 대충 끼니를 때우는 것은 자신의 생명을 스스로 단축시키는 일이다.

　인스턴트 식품은 대장암의 주원인이 되고 있다.

　고기, 기름진 음식, 가공육, 그리고 인스턴트 식품은 대장암의 가장 중요한 원인이다.

　인스턴트 음식의 인체 유해성은 한두 가지가 아니다.

무엇보다도 칼로리가 높아 비만의 원인이 된다.

피자와 햄버거는 지방의 함량이 너무 높아 대표적 지방질 식품인 삼겹살보다도 훨씬 칼로리가 높고 지방이 많다.

인스턴트 식품에는 흰 설탕을 주로 사용하게 되는데, 흰 설탕의 과잉 섭취는 비만, 당뇨, 심장병, 장내 세균 증식, 면역 기능 저하, 기생충 증가, 동맥 경화 등의 요인이 된다.

인스턴트 식품을 만들 때 사용하는 첨가물들 또한 문제는 심각하다.

우리나라에서는 화학 합성물 381종, 천연 첨가물 161종, 혼합 제제 7종 등 모두 549종에 달하는 식품 첨가물이 사용된다.

식품의 색을 보기 좋게 하는 착색제는 간, 혈액, 콩팥 장애, 뇌 장애 등에 관련이 있으며, 식품의 맛을 강화하는 화학 조미료에는 뇌혈관 장애, 성장 호르몬, 생식 기능, 갑상선 장애를 일으키는 원인 중 하나가 된다고 한다.

인스턴트 식품의 포장 용기와 방부제도 인체에는 좋지 않은 영향을 미친다.

화학 조미료가 뒤범벅이 된 식당에 가서 찌개를 먹을 것인가?

지금 이 순간부터는 인스턴트 식품을 건강의 적으로 여겨라.

또 집안 주방에 있는 화학 조미료는 아예 쓰레기통에 넣는 것이 좋을 것이다.

이제부터 우리 식단은 우리가 지켜야 한다.

설령 당신의 몸에 아무 이상이 없다고 할지라도 무엇을 어떻게 먹을 것인지 고민하는 것은 아주 중요한 일이다.

73
건강보다
소중한 것은 없다

건강은 노동으로부터 생기며, 만족은 건강으로부터 생긴다.
배우지 못한 무식한 사람도 병약한 지식인보다 행복한 법이다.
건강의 고마움은 앓아 보아야 절실히 느낀다.
늘 명랑한 마음, 긍정적인 생각, 절제하는 생활을 유지하도록 하자.
– W. 피트 –

한밤중 응급실 앞에서 두세 시간만 있어 보아라.

당장 숨이 넘어갈 듯 누군가의 등에 업혀 들어오는 환자, 온몸이 피투성이인 채 들것에 실려 들어오는 교통사고 환자, 생사를 넘나드는 그 절박한 상황 등을 지켜본다면 자신이, 가족들이, 이웃들이 지금 이 시간 건강하게 숨쉬고 있다는 것 하나만으로도 너무나 감사하다는 것을 절실하게 느낄 것이다.

건강을 소중히 여겨라.

재물을 잃는 것은 일부를 잃는 것이지만, 건강을 잃는 것은 모든 것을 잃게 되는 것이다.

　건강은 세상에서 가장 중요한 자산이다.

　어느 날 갑자기 당신이 병원의 하얀 시트 위에 누워 있게 된다면, 더 이상 치료 불가능하다는 판정을 받는다면, 당신의 눈과 뇌와 가슴은 마치 마른 나뭇가지처럼 아무것도 느끼지도 못하고 생각나지도 않을 것이다.

　건강을 잃었는데 돈이고, 명예고 그런 것들이 무슨 소용이 있겠는가?

　하지만 대다수의 사람들은 건강할 때는 건강의 소중함을 알지 못한다.

　몸에 상처가 나거나 이상이 생겼을 때 그때서야 건강의 소중함을 절실하게 깨닫게 된다.

　적지 않은 사람들이 스스로 자신은 건강하다고 말한다.

　건강에 관한 한 그 누구도 자신하지 말아야 한다.

　건강에 대해 만용을 부리는 일은 절대로 없어야 한다.

74
적극적으로 활동하되
함부로 나서지는 마라

아무리 사소한 태도라도 평소에 무시해 버리면,
정말로 그 자세가 필요할 때는 엉뚱한 태도를 보이게 된다.
따라서 커피 한 잔을 마실 때에도 평소에 매너를 익히도록 해야 한다.
― 체스터필드 ―

같은 능력을 갖고 있다 할지라도 결과에 있어서 소극적인
사람과 적극적인 사람의 차이는 매우 크게 나타난다.

물건을 하나 팔더라도 소극적인 사람은 목표한 양만 팔아
보려고 노력하지만 적극적인 사람은 자기 흥에 겨워 신나게
팔다 보니 목표치를 훨씬 넘어서기 마련이다.

매사에 적극적인 사람은 주변에 늘 사람이 꼬이고, 그를
지지하거나 따르려는 사람들로 넘쳐난다.

반대로 소극적인 사람에게는 유사한 성격을 지닌 사람들

만 다가선다.

어차피 할 일이라면, 피할 수 없는 상황이라면, 소극적이기보다는 적극적인 자세로 임해라.

적극적으로 뛰어들면 열정이 터져 나오고 그 열정은 남다른 결과를 가져다 준다.

다만 상황에 따라서는 적극적인 행동을 자제해야 할 때가 있다.

필요 이상으로 나서는 것처럼 보이는 경우에 특히 그렇다.

가까운 친구에게 애인과의 관계에 복잡한 일이 생겼다고 치자.

두 사람이 서로 얼굴을 보지 않으려고 할 때 중간에서 제3자가 나서서 관여를 하다 보면 오히려 두 사람의 사이가 더욱 멀어지는 결과를 초래하기도 한다.

직극적인 성격과 자세는 좋지만 항상 명심해야 할 것은 상황 판단을 잘 해야 한다는 것이다.

다수의 선후배들이 모여 있는데 후배인 자신이 모임의 회장이 되겠다고 나선다면 선배들 중 대다수는 그를 싫어하게 될 것이다.

선배들이 있는 한 모임의 장은 경력이나 나이가 있는 선배들 중 한 사람이 되어야 하는 게 일반적인 관례다.

후배인데도 불구하고 자기 성격 탓에 회장이 되겠다고 나서면 그것은 '분위기 파악을 못하는 잘난 척'이 된다.

따라서 적극적인 면 뒤에는 늘 겸손의 미덕이 숨어 있어야 한다.

75
별미를 찾아 나서라

음식에 대한 사랑처럼 진실된 사랑은 없다.
- 조지 버나드 쇼 -

남녀노소를 막론하고 먹지 못하면 그것은 문제가 된다.

식욕이 없다면 건강에 문제가 생긴 것이다.

'잘 먹고 잘 배설하는 것만큼 중요한 일은 없다.'

인간이 갖는 원초적인 욕구는 다양하지만 나이가 들어도 변치 않는 것이 바로 식욕이다.

먹는 즐거움이란 그 무엇과도 바꿀 수 없는 즐거움이 된다.

식사에 관한 한 프랑스 사람들과 스페니시를 빼놓을 수 없다.

그들은 식사가 '먹는 일'이 아니라 '먹는 즐거움'이라고
한다.

같은 유럽이라 할지라도 독일에서는 점심이 10분이면 족
하지만 스페니시와 프랑스 사람들은 두 시간 정도 걸린다.
먹는 즐거움이 큰 만큼 식사 시간이 긴 것은 그만큼 즐거
움을 느끼는 시간도 많다는 것을 의미한다.

식생활은 건강과 직결된다.

절약하며 살더라도 한 달에 두세 번 정도는 아주 편안한 식당에 가서 여유있게 웰빙 식사를 즐기자.

그것은 행복하고 즐거운 일이다.

별미를 즐기더라도 화학 조미료를 사용하지 않고 우리 농산물을 주로 사용하며 장인의 맛이 배어 나오는 식당을 찾아나서야 한다.

음식은 깊은 맛과 정성을 느낄 수 있을 때 더욱더 그 가치를 발휘하게 된다.

76
노하우를 남발하지 마라

하나를 올바르게 알아서 실행하는 일은,
백 가지 일을 대충 하는 것보다 훨씬 더 높은 교양을 쌓게 해준다.
— 괴테 —

노하우(Know How)란 누구나 다 알고 있는 지식이나 기술
이 아니다.

다른 사람은 모르는 자기 자신만 아는 특별한 것을 노하
우라고 한다.

노하우는 기업이든 사람이든 성공을 위해 아주 소중한 도
구로 사용되기도 한다.

돈으로도 환산할 수 없는 이런 노하우를 쉽게 들춰내고
자랑하는 이들이 있다

참으로 바보 같은 짓이 아닐 수 없다.

인류 평화를 위해 또는 그에 준할 만한 대의 명분을 지니고 자신의 노하우를 공개한다면 그것은 영웅으로 남을 만한 가치있는 일이다.

하지만 공개를 했을 경우 경쟁사나 경쟁자에게 정보만 제공하게 된다면 그것은 자신의 재산 관리를 잘못하는 일이나 다름없다.

마치 우리 집 식량은 창고에 쌓여 있는데 창고 열쇠는 안방 두 번째 서랍에 있다는 얘기나 다를 게 없다.

또 이런 노하우를 시도 때도 없이 말로 흘리고 다니게 되면 그것은 너무 많은 사람들이 알게 되어 노하우가 아닌 흔해빠진 정보가 될 수밖에 없어 그 가치를 잃게 된다.

77
비만은
수명을 재촉한다

가난한 자들이 식량을 제공하지 않는다면, 부자들은 돈이나 먹어야 할 것이다.
— 러시아 속담 —

비만은 만병의 근원이다.

체내로 흡수되는 열량을 소모하는 능력이 떨어지는데다 운동 능력까지 모자라 고혈압이나 당뇨 등 만성 질환의 위험에 무방비로 노출되고 있기 때문이다.

남성들의 경우 운동량은 적고 비만의 주원인인 음주 회수가 많은 것이 가장 큰 원인이다.

또 전문직이나 사무직의 경우 앉아서 일하는 시간이 많아 비만을 불러오는 사례가 흔하다.

운동 못지 않게 필요한 것이 식이요법이다. 식사는 고칼로리·고지방 식품을 제한하고 고단백·고섬유질로 바꾸는 게 지름길이다. 단, 심한 체중 감소는 오히려 노화를 부채질하므로 일주일에 0.5kg 정도 감량하는 것이 바람직하다.

비만에 습격당하지 않으려면 다양한 노력이 필수다.

아침에 화장실에 다녀온 후 체중을 재라. 그리고 그래프를 만들어 벽에 붙여두고 매일 표시를 하면 체중 변화를 체크해라. 특히 비만에서 벗어나려면 TV나 비디오는 누워서 보지 마라. 특히 과자, 맥주, 과일 등을 먹으면서 보는 것은 더욱 나쁘다. 저열량의 국이나 생야채 등을 먼저 먹어 만복감을 얻은 다음 밥과 단백질원을 교대로 먹으면 저열량 식사를 할 수 있다.

비만에서 벗어나려면 가장 기본적인 규칙을 지켜야 한다. 즉 일찍 자고 일찍 일어나야 한다. 일찍 자면 밤참의 유혹도 없고, 일찍 일어난다. 시간 부족에 의해 아침을 거르는 일이 없게 된다. 식후에는 가능한 한 열량이 적은 차나 작설차, 감잎차를 마셔라. 술은 주 2회를 넘지 않도록 마셔라. 술과 함께 물을 같이 놓고 마시는 게 좋다.

78
유언장을 써 보자

열심히 일한 날은 잠이 잘 찾아오고,
열심히 일한 일생에는 조용한 죽음이 찾아온다.
– 레오나르도 다빈치 –

내일이면 생을 마감한다고 생각해 보라.

그리고 유언장을 써보자.

가족, 이웃, 동료들에게 더 따뜻하게 해주지 못한 것에 대한 아쉬움, 주변 사람들에게 도움만 받았을 뿐 도움이 되어주지 못한 후회감, 꼭 해야 했던 일인데 바쁘게 살다보니 미처 하지 못한 일에 대한 미련, 자신이 떠난 후 남아 있는 가족을 비롯한 주변인들에게 꼭 하고 싶은 말, 살아오는 동안에 정말 죄스러웠던 일, 또 존경하고 사랑했던 사람들에게 꼭 하고 싶었던 말이지만 다 전하지 못한 말들 등등, 쓰고 싶은 것들이 많을 것이다.

마음을 가다듬고 유언장을 써보자.

쓴 다음에 읽어 보았을 때 많은 것을 느끼게 될 것이다.

앞으로 살아가는 동안 무엇을 해야 하는지, 좀 더 관심을 가져야 할 것이 무엇인지, 꼭 한 번 다시 만나서 옛이야기를 나누어야 하는 사람이 누구인지 새삼 느끼게 될 것이다.

또 죽음 앞에서 인간이 얼마나 나약한 존재인지, 살아 있는 순간순간이 얼마나 감사한 시간인지 알게 될 것이다.

79
폭력은 절대 안 된다

나는 비폭력의 진리와 무조건적인 사랑이 진실로 최후의 복음임을 믿는다.
이것이 일시적으로 패배하는 올바름이, 일시적으로 승리하는 악보다
더 강한 이유이다.

− 마틴 루터 킹 −

가정에서든.

학교에서든.

직장에서든.

그 어떤 모임에서든.

폭력은 절대 안 된다.

폭력은 용서받을 수 없으며, 씻을 수 없는 상처만 남긴다.

위급한 순간 정당 방어가 아닌 이상 폭력은 상대는 물론
이고 자신의 삶을 멍들게 한다.

폭력은 비인간적이고 비이성적이다.

폭력은 폭력을 낳는다.

폭력은 습관성이다.

사랑하는 애인을.

사랑하는 자녀를.

사랑하는 친구를.

단 한 번의 폭력으로 잃는 사람들이 너무도 많다.

폭력은 그 어떤 이유로도 정당화될 수 없으며, 한순간 많은 것을 빼앗아간다.

자제하라. 당신의 손과 발은 폭력이 아닌 다른 수많은 일을 위해 존재한다는 것을.

80
습관적으로 정리해라

성공하는 사람은 성공하지 못하는 사람들이 하기 싫어하는 일을 하는 습관을
가지고 있다. 물론 그들도 그런 일을 하고 싶지 않기는 마찬가지이다.
그러나 그들은 목적 의식이라는 힘으로 그것을 극복하고,
하기 싫은 일을 하고 싶은 일로 만든다.
– 알버트 그레이 –

아이가 유치원에 들어가면 한글을 익히기도 전에 배우는
것이 자신의 물건을 자신의 활동 공간에 정리하는 일이다.

어떤 이들은 정리하지 않고 살아가는 것을 스스로의 미덕
으로 착각한다.

그들은 정리하는 일 자체는 소모적인 일이며, 타인을 위
한 쇼라고 생각한다.

하지만 생각해 보라.

입고 싶은 옷을 입으려고 장롱을 뒤지다 연인과의 약속

시간이나 출근 시간에 늦은 적은 없는지, 공과금 낼 용지를 잃어 버려 관공서에 전화로 요금을 물어본 적은 없는지, 쓰레기통을 비우지 않아 퀴퀴한 냄새를 맡아야 하는 일은 없었는지, 꼭 읽으려던 책을 찾지 못해 속이 상한 적은 없는지, 소중한 사진을 어딘가에 잃어 버리고 가슴 아파한 적은 없는지, 일이 터진 후에야 정리가 왜 소중한지를 알게 된다.

언제까지 정리를 귀찮은 일, 당장 하지 않아도 되는 일로 여기며 살 것인가?

매일같이 휴지통을 정리해라.

매일같이 책상을 정리해라.

매일같이 명함을 정리해라.

일 주일에 한 번 신용카드 영수증과 지출 영수증을 정리해라.

이 주일에 한 번씩 재활용품을 정리해라.

한 달에 한 번 옷장을 정리해라.

이렇게 정리하는 습관에 길들여지면 잊고 사는 것, 낭비하고 사는 것, 지저분하게 사는 것, 그런 것들로부터 당신의 삶은 벗어나 있을 것이다.

81
새로운 것에 도전해라

이길 수 없는 사람은 머무르는 법이다. 이길 수 있는 사람은 공격하는 법이다.
머무르면 곧 부족하고 공격하면 곧 넉넉하다. 영웅이 되고자 뜻을 세우는 것은
영웅이 되는 계단이다. 성공의 비결은 단호한 결의에 있다.

— B. 디즈레일리 —

30대의 젊은이인 그는 100개의 학교, 100개의 교회,
100개의 병원을 세우겠다는 당찬 목표를 가지고 21세기를
이끌어갈 인재를 키우는 일에 자신의 전 재산 10억을 투자
했다고 한다.

경력 8년차의 미국 공인회계사(AICPA)로 2003년부터
GT 컨설팅으로 스카우트돼 용산 미8군에서 1조 원 규모의
예산 재편성 프로젝트를 진두 지휘하고 있다.

『빽이 도대체 누구야』의 저자 다니엘 명. 그를 두고 한

언론에서는 '힘차게 도전하는 아름다운 젊은이' 라고 극찬했다.

2007년 1월에 두 손과 두 발을 쓰지 못하는 한국인 뇌성마비 장애인이 휠체어를 타고 유럽 대륙 횡단에 도전하였다.

1월 3일 프랑스 파리의 상징인 에펠탑 아래로 태극기를 단 휠체어 한 대가 들어왔다. 마흔두 살의 선천성 뇌성마비 1급 장애인 최창현 씨다.

그 전 해 5월 그리스를 시작으로 유럽 대륙 횡단에 도전해 마침내 21번째 나라인 프랑스에 도착한 것이다.

국가는 30개국 2만2천km에 이르는 그의 유럽 대륙 횡단의 목표는 남북 통일의 염원을 전 세계에 알리겠다고 했다.

도전해 보지도 않고 처음부터 "불가능하다."고 했지만 성공한 대다수의 사람들은 자기 자신의 삶을 스스로 개척한 사람들이다.

그것은 새로운 도전에서부터 시작되었고, 인내와 열정을 불사른 결과가 성공으로 이어진 것이다.

성공한 사업가치고 처음부터 끝까지 모든 일이 실타래처럼 풀려 승승장구한 사람들은 찾아보기 드물다.

그들은 실패를 경험했다. 그리고 또다시 도전했다. 그 굴

곡이 심한 사람들은 그야말로 7전8기라는 말이 실감나게끔 수차례에 걸쳐 실패와 재기를 거듭한 끝에 진정한 성공을 거머쥔다.

미국의 제16대 대통령 링컨은 22세 때부터 수많은 사업 실패와 선거 낙선 등을 거쳐 51세가 되어서야 대통령에 당선될 수 있었다. 하지만 그는 자신 있게 말했다.

"실패한 적은 없다. 다만 그 동안의 고배는 성공을 위한 과정이었을 뿐이다."

지금 당장 무엇이든 새로운 것에 도전해라.

당신은 신선한 충격에 휩싸여 당신 자신도 알지 못했던 잠재력을 발휘할 것이고, 도전하는 순간 내내 즐거울 것이다.

82
"나는 지금 어디에 서 있는가?" 자문해라

행복과 지혜 사이에는 다음과 같은 차이가 있다. 즉, 자기 자신을 이 세상에서
가장 행복한 사람이라고 생각하면 정말 그대로 되지만, 자신을 이 세상에서
가장 지혜로운 사람으로 본다면 가장 큰 바보가 되는 것이다.

– 찰스 칼렙 콜튼 –

수많은 작품을 남겨 독일 영화의 대표적인 감독으로 알려
져 있는 파스빈더.

그는 스스로 '나는 누구인가, 나는 독일의 역사 그 어디
에 서 있는가, 왜 나는 독일인인가'를 끊임없이 질문했다.

그 결과 인종 차별주의 유산이 남아 있는 독일 사회를 비
판한 대표작 『불안은 영혼을 잠식한다』 같은 작품을 남겼다.

자기 성찰을 즐기는 이들은 수시로 자기 자신을 되돌아볼
수 있는 시간을 스스로 갖고자 노력한다.

'나는 누구인가', ' 내가 서 있는 지금의 자리는 어떤 자리인가', '나는 무엇을 위해 지금까지 살아 왔는가' 등등.

사람들이 앞만 보고 달려가다 보면 정작 중요한 것을 모른 채 지나간다.

현실에 쫓기어서 자신의 정체성이라던가 자신의 자리를 잊고 살아가는 것이다.

가끔씩은 스스로에게 질문을 해보자.

'나는 지금 어디에 서 있는가' 라고.

현재를 점검하는 데는 이성적인 냉철한 판단이 필요하다.

다시 자문해 보아라.

'나는 지금 내가 정해놓은 길을 걷고 있는가?'

'나는 지금 그 길 어디쯤에 서 있는가?'

'지금의 나는 어떤 모습으로 서 있는가?' 등등.

83
공공 장소에서는
목소리를 낮춰라

너그럽고 상냥한 태도, 그리고 무엇보다 사랑을 지닌 마음!
이것이 사람의 외모를 아름답게 하는 말할 수 없이 큰 힘인 것이다.
– 파스칼 –

버스 안에서, 지하철 안에서, 음식점에서, 커피숍에서, 직
장 내 사무실에서, 사람 많은 관공서에서, 또는 터미널이나
기차역에서 소리 내어 떠든 적은 없는가?

친구나 동료들 여러 명이 모여 있기에 남 의식하지 않고
동질감에만 휩싸여 웃고 큰소리로 말한 적은 없는가.

대한민국 사람들 중 적지 않은 수가 에티켓을 잊고 산다.

남들이 시끄럽게 떠드는 소리를 들으면 '무식한 사람들',
'예의 없는 사람들' 이라면서 손가락질 하고 비난한다.

하지만 정작 자신이 한 예의없는 언행은 기억하지 못한다.

일본에 가서 전철을 타 보라.

서울의 지하철처럼 시끄러운 사람들이 없다. 타인에게 방해가 되지 않으려고 몸가짐, 대화 등에 신경을 쓴다.

초등학교 시절 귀가 따갑도록 배우지 않았던가. 공중도덕을 잘 지켜야 한다고.

소위 최고 학력에 유식하다고 자청하는 정치인들이 국회 회의실을 난장판으로 알고 싸우고 소리치는 것과 뭐 다를게 있겠는가?

왜 자기 자신에게는 그토록 많은 배려를 하는가?

목소리를 낮춰라.

정말 목소리를 높여야 할 때는 따로 있다.

84
비즈니스시에는
늘 진지한 톤을 유지해라

리더의 제1조건은 화술(speech)이다.
– 제임스 벤더 –

자신감 있는 목소리는 누구에게든지 환영받는다.

듣는 상대방에게도 그 자신감이 전달되기 때문이다.

하지만 자신감이 아닌 목소리만 큰 경우에는 오히려 신뢰감을 잃게 된다.

목소리를 필요 이상으로 내는 사람들은 비즈니스를 할 때 단점이 될 수밖에 없다.

목소리가 크면 첫 인상에서 신뢰감이 줄어들기 때문이다.

자신있는 목소리와 허풍이나 과장이 담긴 목소리는 엄격

히 구분된다.

지나치게 큰 목소리는 자신을 과시하거나 억지로 신뢰감을 갖게 하려는 소리로 들리기 십상이다.

설령 자신의 속마음은 그게 아닐지라도 이제 막 당신을 알기 시작한 비즈니스 파트너는 보여지는 것, 들리는 것 그것만으로 당신을 평가할 수밖에 없는 일이다.

아무도 허풍스러워 보이는 사람을 믿고 비즈니스를 하고 싶어하진 않을 것이다.

85
대출을 잘 활용하라

주인으로서의 책임감을 갖고 최선을 다하는 것,
직장인이라면 자신의 돈으로 투자하고 판매하는 것처럼 '절박하게' 고민하고
행동해야 성공할 수 있다. 단순히 '대리인'이라는 생각으로 적당히 행동해서는
결코 치열한 경쟁에서 이길 수 없다. 그리고 오너처럼 행동해야
자신의 실력도 쌓이고, 궁극적으로 CEO도 되고, 오너도 될 수 있다.

− 워렌 버핏 −

자산이 풍족하지 않은 당신에게 대출은 원하는 것을 얻을
수 있는 유일한 방법일 수 있다.

집을 사야 하는지는 선택의 문제지만 사야겠다고 결정했
다면 대출이 대안이 될 수 있다.

자산은 부채와 자본으로 이뤄진다.

부채를 더한 자산 구입은 레버리지(지렛대) 효과를 일으켜
더 많은 수익을 가져다 줄 수 있다.

예를 들어 작은 평수보다 큰 평수에서 주택 가격 상승폭

이 더 크다면 대출을 활용할 필요가 있을 것이다.

물론 마이너스 수익이 날 때는 대출에서도 원금 손실이 불가피한 만큼 투기적인 성격에는 대출을 삼가야 한다.

주식시장에서 자기 자본에 대출금까지 투자했다가 자기 자본은 물론 대출금 잠식까지 일어난 '깡통 계좌'가 대표적이다.

무리한 대출은 패가 망신의 지름길이다.

금리 상승기에 대출을 낀 섣부른 투자는 배보다 배꼽이 큰 결과를 가져올 수 있다.

빚 내서 소비하는 것은 말할 것도 없다.

86
'좋은 친구'는 없다

친구를 사귀는 데는 모름지기 어느 정도의 의협심이 있어야 한다.
사람을 만드는 데는 한 점의 소박한 마음이 있어야 한다.
– 채근담 –

친구를 보면 그 사람을 안다고 했다.

유유상종(類類相從)이라는 말도 있다.

나쁜 습관을 가진 친구와 어울려 다니다 보면 자연스럽게 그 행동거지를 배우기도 한다.

때문에 부모는 자녀에게 좋은 친구와 어울리도록 가르치기 마련이다.

하지만 착하고 얌전한, 공부를 잘 하는 아이들로만 친구를 맺기는 어렵다.

같은 환경에서 자란 아이들만으로 친구를 사귀는 것도 어렵다.

도움의 측면에서 본다면 다양한 부류의 친구들을 갖는 게 든든한 힘이 된다.

내가 갖지 못한 것을 채워 줄 수 있는 것이 친구이다.

그리고 내가 갖지 못한 것은 너무나 많다.

때로는 지식이 많은 친구가, 때로는 궂은 일을 마다 않는 친구가 절실하다.

좋은 친구를 사귀는 것보다는 많은 친구를 사귀는 것이 필요하다.

대신 친구의 잘못된 점을 판단하고, 더 나아가 그 친구를 바른 길로 안내하는 리더십을 심어 주는 것이 중요할 것이다.

공자는 세 사람이 길을 가면 그 중에 한 사람은 반드시 나의 스승이 있다고 했다.

이제 세 사람이 길을 가면 그들 모두가 나의 스승일지도 모른다는 생각을 가져야 한다.

87
인사가 세상을 바꾼다

우리는 행복하기 때문에 웃는 것이 아니고, 웃기 때문에 행복하다.
- 윌리엄 제임스 -

일본행 비행기를 타 보았는가?

당신은 비행기 탑승 후 수 차례 "스미마셍(미안합니다)"이라는 말을 들은 후 좌석에 앉게 될 것이다.

당신이 서두르다 자칫 앞사람에게 부딪혔을 때 오히려 그사람이 "미안하다"고 한다면 어떨까?

지정된 좌석에 앉기 전 짐을 올리고 있을 때 스쳐 지나가는 사람들마다 "미안하다"고 말하는 것을 들어본다면?

물론 일본과 한국의 문화적인 차이를 무시할 수는 없다.

개인적인 특성도 작용할 것이다.

하지만 사소한 일에도 다른 사람을 배려하는 태도는 본받을 만하다.

지하철에서 다른 사람이 내리기도 전에 올라타는 사람들, 다른 사람과 크게 부딪히고 나서도 애써 무시하거나 오히려 인상을 쓰는 사람들, 이런 사람들로 우리의 이미지를 대변시키는 것은 무리가 있다 해도 조그만 인사가 사람의 격을 달리 하는 것은 사실이다.

한 자동차 전문 포털은 설문 조사를 통해 '깜빡이를 켜지 않고 끼어드는 운전자'를 가장 꼴불견인 운전자로 꼽은 바 있다.

우리나라에서도 배려에 대한 요구가 확산되고 있다는 반증이라고 보여진다.

인사는 단순한 배려가 아니라 사회를 밝게 만드는 원동력일 수도 있다.

우리나라를 찾은 외국인들 중 상당수는 횡단보도에서 눈이 마주쳤을 때, "안녕하세요", "좋은 아침" 하고 인사한다.

인사에 밝은 미소가 따르는 것은 당연하지 않을까?

88
적당한 선물을 하라

우리는 주머니 속에서 어떤 일을 위해서든지 돈을 꺼내어 지불할 때
다른 사람에게 따뜻하게 대하는 태도를 습관화하도록 노력해야 한다.
그가 사랑을 받을 만한가 아닌가를 따질 필요가 없다.
이 세상에 악한 사람은 거의 없다고 해도 좋다.
누가 참으로 정당한지 아닌지를 간단하게 판단하기 어렵기 때문이다.
따뜻한 마음을 잃는다면 무엇보다도 그 자신의 인생이 외롭고 비참하게 된다.
- 칼 힐티 -

아내의 아름다운 머리카락을 빛낼 머리빗을 사기 위해 자
신이 가장 아끼는 시계를 판 남편, 그리고 남편의 시계줄을
사기 위해 자신의 긴 머리를 잘라 판 아내.

오 헨리의 단편소설 『크리스마스 선물』은 '선물은 마음이
다' 라고 말한다.

더러 물질 만능주의를 경계하며 마음이 중요하다고 강조
되기도 하지만 사람의 마음을 읽기가 쉽지 않다면 선물은
마음을 전하는 좋은 수단임에 틀림이 없다.

"표현하지 않으면 어떻게 아느냐"는 것이 현대의 감성이라면 적절하게 표현하는 방법을 찾는 것도 중요할 것이다.

선물을 하기 위해서는 생일, 자녀 입학, 시험 등등 받을 사람에게 일어나는 변화를 감지하는 것이 중요하다.

좋은 선물을 하기 위해서는 받는 사람의 취향 파악 등 고민이 있어야 한다.

선물을 하기 위해서는 관심이 필요한 것이다.

선물을 고르고, 준비하는 과정에서 더 많은 관심과 애정이 싹트기도 한다.

예기치 않은 선물은 당신의 존재감을 높여 줄 것이다.

최근 '발렌타인 데이'를 비롯해 수많은 '데이'들이 상업적인 목적으로 선물을 강요하지만 상업적인 면을 애써 무시하고 보면 자연스럽게 선물을 할 수 있는 좋은 명분이 되기도 한다.

뇌물이 아니라 선물이라면, 선물의 값은 중요하지 않다.

당장 주변에 선물을 하자.

89
아이큐보다 더 중요한 것은 노력이다

어떠한 일도 갑자기 이뤄지지 않는다.
한 알의 과일, 한 송이의 꽃도 그렇게 되지 않는다.
나무의 열매조차 금방 맺히지 않는데, 하물며 인생의 열매를
노력도 하지 않고 조급하게 기다리는 것은 잘못이다.
− 에픽테투스 −

"천재는 1%의 영감과 99%의 노력으로 이루어진다."

에디슨이 한 이 말에 대해 사람들의 의견은 분분하다. 아무리 천재라도 노력을 99% 해야 할 만큼 노력이 중요하다. 때문에 성공은 99%의 노력이 만든다고 말하는 이가 있는가 하면, 1%의 영감을 만들어내기 위해서는 99%의 노력을 기울여야 한다는 이들도 있다.

그러나 어찌 됐든간에 1%의 영감도 중요하고, 99% 노력도 중요한 것이다. 말 장난(?)을 한다면 둘 중 어느 한 가지

가 없으면 천재가 되지 않기 때문이다.

초중고 시절은 물론이고 대학에서도 1등을 놓친 적이 없는 아주 우수한 인재가 있었다. 그는 졸업 후 중요한 취업 시험에서도 보란 듯이 수석을 했다.

하지만 그에게 "그는 천재다."라고 말하는 이는 그리 많지 않다고 한다.

그와 함께 학교를 다닌 대다수의 사람들은 "그는 정말 노력하는 사람이다. 머리도 좋지만 거기에 노력을 많이 했기 때문에 그는 늘 1등을 독차지했다."고 말한다.

다른 아이들이 쉬면서 밖에서 놀고 있는 시간에 그는 예습 복습을 했고, 학교를 오가는 시간에는 늘 작은 수첩을 보면서 수학 공식, 영어 단어를 외웠던 것이다.

자신이 갖고 있는 능력에 비해 큰 것을 얻으려고 하는 사람들의 공통점은 한 가지다. 그들은 노력을 하기보다는 행운을 잡고자 한다.

열심히 최선을 다해 일하고 공부하고 노력한 사람들은 자신이 노력한 만큼의 대가가 나오기만 기대한다.

하지만 행운을 좇으며 사는 사람들은 자신의 노력은 1%이고 99%의 행운이 거기에 얹어지길 바라는 것이다.

그런데 때로는 노력의 가치를 얕보는 이들도 적지 않다.

어린 시절 가난했고 공부도 그다지 뛰어나지 못했다. 키는 작고 힘도 약했다.

그런 아이가 30년 후 기업체의 사장이 되었고 외모 또한 훤칠한 사람으로 바뀌었다. 이런 그를 보고 사람들은 저마다 한 마디씩한다.

"아이구 여기까지 올라오려면 누군가 도움을 줬겠지."

"미꾸라지 용 됐네."

"나름대로 운이 받쳐 주었겠지."

하지만 진심으로 노력의 소중함을 아는 사람들은 다르게 말한다. 무엇 하나 여건이 갖추어지지 않은 상태에서 남보다 뛰어난 사람이 되기 위해서 그가 그간 노력을 얼마나 기울였을까. 그에 대한 칭찬을 하기 마련이다.

"정말 열심히 살았나보네."

"그만큼 노력하고 땀 흘린 결과일 거야."

행운은 찾아오면 좋은 것이고, 다가오지 않으면 어쩔 수 없는 것이다. 기다린다고 오는 것도 아니고 열심히 애걸한다고해서 하늘에서 뚝 떨어져 내리는 것도 아니다.

중학교를 졸업한 지 이십 년 만에 만난 두 친구가 서로 이런 말을 한다. S는 모든 게 보통의 소년이었고, 다른 한 명 C는 공부를 아주 잘 해서 선생님들로부터 주목받던 소년이었다.

C가 말한다.

"정말 오랜만이다. 대학교수가 되었다는 말을 들었어."

S가 말한다.

"세월이 흐르다 보니 여기까지 와 있는 거지 뭐. 너야 뭐 말 안해도 잘 되었겠지."

하지만 C의 말은 의외다.

"대학졸업 후 사업하다가 실패했어. 요즘은 그냥 친구 회사에 다녀. 너무 큰 것만 바라다보니 그렇게 되더라고. 본래 내 길은 사업하고는 거리가 먼데. 사실 내 희망은 연구원이었는데."

S는 말한다.

"나는 뭐 공부 잘 했냐. 그냥 과정만 꾸준히 밟았는데 고3 때 담임이 그러더라고. 목표도 없이 인생을 사는 것은 정말 허망한 일이니 반드시 장기적인 목표를 세우고 그걸 향해 노력하라고. 아마도 그 선생님 말씀이 오늘의 나를 만들어 준 것 같아."

같은 노력을 기울이더라도 자기가 정한 목표를 향해 파고 드는 것, 시간이 조금 걸리더라도 인내심을 갖고 한 우물만 파는 열정, 바로 그것이 진정한 노력이다.